故郷へ帰る道

故郷へ帰る道

安野光雅

岩波書店

目次

装丁 安野光雅

一　故郷へ

故郷へ帰る道

故郷《ふるさと》へ帰るとき、わたしはいつもトンネルの数を数えた。

徳佐駅を出た蒸気機関車が、一つ、二つと数えて、六つ目のトンネルを抜けると、いかにも幕を切って落としたように、懐かしい故郷が現れるのだった。

わたしは心の動揺を隠そうとして、しかめつらで窓の外を見る。

山の端の一本杉が見える。あれは故郷のしるしのようなもので、見まいとしても、そこに目が行くのだ。近くの友達の家も見える。小学校も川も柳も、何一つとして思い出のないものはない。みるみるうちにおびただしい楽器が鳴りはじめ、わけのわからない大交響曲がはじまるのだった。

涙が出そうになるのが面映ゆく、自分がステージにいるのでもないのに、なぜか、思い上がったように感情がたかぶるのだ。

誰でもそうだよと、人が言うから書くけれど、十五、六の頃は自分だけが成長したような自負心があるものだ。

みんなが見ているわけでもないのに、駅に降り立ち、わが家に向かうところを、わたしは誰にも見られたくなかった。

汽車の中で、既に故郷の訛には気がついていた。誇るべきその訛は、懐かしければ懐かしいほど、恥ずかしくもあった。故郷へ帰ることは、その訛の中へ帰って行くことである。その故郷のしるしは、弟の津和野弁まる出しの中にあった。わたしは笑った、同じことを何度も言わせて笑った。弟の訛をばかにし、それを上手に真似して笑うのは、気分がよかった。しかし、その訛の真似のなんと真に迫っていたことだろう。

そのとき、なにか憑き物でも落ちたように、我にかえった。その憑き物が劣等感というものに似ていることを知るのはずーっとあとのことである。

わたしは人知れず家の中を調べ、格別の変化のないことをたしかめ、庭の草木もみんな昔と変わらないことを知って安心した。その庭に行くとき、体を空に預けるようにして廊下に降りる場所があった。

ああ、そんなところに体を預ける一種の癖がかくれていたことを、ほかの場所では決して体が思い出すことはなかっただろう。

そんなふうに、体が癖を覚えているような場所はほかにもあったはずだが、いまは見つからない。故郷は変わるからだ。時間が過ぎるのだから変わってあたりまえなのに、わがままなわたしたちは、変わらないでいてほしいと、無いものねだりをする。

そもそも故郷という言葉には、感傷的な甘えの気持ちがふくまれている。だから、あまり甘えない方がいい。故郷がほんとうに変わってほしくなければ、自分自身も成長してはいけないことになるからだ。わかっている。それなのに故郷が昔のままでいてほしいと思うのは、自分の思い出にひたっていたいからだ。つまり感傷に過ぎない。

自分の故郷だけでなく、ほかの人の分も入れれば国中が、なんらかの意味で故郷ということになる。

その、故郷が変わる。ときとして自然破壊という言葉の通り、湖底に沈むなどして故郷が激変することもある。

激変して困るのはわたしだけのことではあるまい。もはや過去をふりかえっての感傷ではなく、未来の日本についての「憂い」なのである。

魚の目

たかぐえのことを高崩と書く。崩れることを、津和野では「くえる」という。津和野川が山に突きあたって急カーブするとき、山を削って自然の断崖を造り、川には淵が生まれている。わたしの家の前の今市通りをまっすぐ川に向かうと、その「たかぐえ」に出る。そこは、夏休みの水泳場に指定されていた。水泳場は、川上から下まで、六、七個所と決まっていて、十二時から三時までしか泳いではいけないことになっていた。上級生が監督で、一分だって延ばしてはくれなかった。

弟よ、お前は知ってるか、あそこにはエンコ(河童)がおるんで、エンコは、けつの穴から手を突っ込んで子供の生き肝をとるそうな、その証拠に去年も人が死んだ。一昨年も死んだ。僕ぁあそこでは泳がん、病院橋のところがええ、あそこには誰かが飛び込み台を作っとった。そーはゆうても、いくらか丈夫な板の端が石垣の間に突っ込んであるだけだ。その板の上をそろりそろりと歩いてな、川面に向かってな、一思いに川に飛び込むんじゃ。高さにして、四メートルはあるから怖い。僕は飛んだ。でもお前は飛んじゃだめだぞ。危ないからな、僕は少し怖いから目をつぶって、ひと思いに飛んだんだ。後でマーちゃんが僕に言った。「お前、もう少し遠くに飛べ、お前のけつはあの石垣と、五センチも離れておらんかったぞ」と言ったのだ。もしかして僕ぁあんとき、石の上に落ちたかも知れんと思うと、今でも身ぶるいがするで。

僕らがよく行ったのは、亀の甲というところじゃった。石の河原があるけえ、その石を積んで基地を作った。その基地が脱衣場だ。お前も作ったろう？　褌は家を出るときから締めているから、水に入るときはいいが、帰りは人目をごまかしてとにかく着換えねばならん。これがちょっと芸当だったな。遠くの基地では女子が着換えとる。僕ぁちーとも知らんかった。脱いだり着たりする芸当は女子のほうがうまいという話じゃ。ほんとじゃろうか、僕ぁ一度も見たことがないから、どうしてうまいかよう知らんのじゃて。

線香屋と呼ぶ水泳場もあった。線香を作る水車を回すため、川を堰とめて水を引いていた。

そうしてできた小さなダムがプールのようだった。この水泳場は、主に鉄砲町から駅前通りのこどもの縄張りだったが、ある日、そこで泳いでいて足の裏を切った。

あんときゃあ、お前も一緒だったから、覚えとるじゃろう、茶碗のかけらを踏んで、左の足の腹を一〇センチばかり切った。なんと、体の中を見たのはあれがはじめてじゃ。なんだか、黄色いぶつぶつのもんが見えたど。それほど痛くなかったが、血はたくさん出た。「おい、蓬《よもぎ》をとってこい」と、みんなに命令して、その蓬を石で叩いて団子にして足の裏にあててくれたのは、金山の治《はる》ちゃんの兄さんだった。それが血どめの薬だという話だ。僕ぁ足をひきずりながら帰った。かあさんにもとうさんにも内緒だぞとあのとき言うたろう。だまって縁の下にあった消毒薬だけで治した。医者に行ったら、四針は縫ったろうて、今も左足の裏には傷あとがあるが、針のあとはない。でも、そのためにあの夏は二度と泳げなかった。それにしても、あんなことでよくもまあ治ったもんだ。

そのころ小学校にはプールはなかったが、中学校にはあった。夏休みの期間は、学生がいないから、近所の小学生が無断できていた。といっても水は緑に濁っていた。多分なにか大量の微生物が繁殖していただろうが、当時そんなことは全く問題にしていなかった。

お前、松田武夫を知っとるか。彼は同じクラスの優等生の一人だった。彼に勝てるのは絵だけで、ほかは何一つかなわんかった。

ところで、中学校のプールには飛び込み台があった。知っとるだろ、僕ぁあの高いところから、一度だけ、見よう見まねのダイビングができたんだ。ポーンと空中に舞い上がってな、両手を広げると鳥になる、それからまた、水中の魚を狙うように真っ逆様にとびこむんだ、ああ、なんと気分がいいんだろう。こんなこと誰にもできやしない……。

ところがその日、松田武夫が見にきとったんだ。「お前泳がんのか」、と言うたら褌を持ってきとらんと言う。「よし、見てろ、おれがな、いまからダイビングをやって見せるから」と、僕ぁ心の中でつぶやいた。僕ぁ飛び板の上ですごい跳躍をして、見事に空中につかんだ、ところが、どうしたことか、水中の魚を狙うポーズにはなれんのだ。手をひろげたままの形で、ボチャーンと水面に落ちた。こういう失敗のことを、僕らは、腹打ちと言った。腹は真っ赤になる。打つんだからそりゃあ痛いもんだ。いったんはもぐるが、水面に顔を出すと、武夫が「お前、痛かったろう」という。なーに、こんなの痛いもんか、と僕はまた、飛び込み台にのぼった。あんときばかりは、お稲荷さんに祈った。「どうか、僕を鳥にしてください⸺」と、でも駄目だ、又腹打ちだった。なーにがお稲荷さんだ、僕は面目まるつぶれだ、僕の腹は真っ赤になった。でも僕はまた三度目の挑戦をした。しかし、又も腹打ちだ。笑えないよ。ああ、誰も知らないだろうが、僕はダイビングができた。一度だけは本当にできたんだ。でも、あれから今日までダイビングなんてやったことはない。

高崩の崩れかたは、わたしがこどものころにくらべて深くなり、傾斜はいくらかやさしくなった。あの崖の上に行くことなど、思いもかけぬことだったが、今は、その崖上を自動車道路が貫通し、町を展望できるレストランができた。そこから眺めて、足元の高崩からはるか正面に見える永明寺に向かう道を今市通りという。わたしの家は、先にも書いたようにその今市通りにあった。その今市通りを高崩とは反対の方向に直進すると、やはり山に突きあたり、小道の草を分けて登ると、火葬場に出る。

家の前に、ももたやのおばさんという人がいて、ある日「みっちゃん、後ろを見てみんさい、あれが虹ちゅうもんよ」と教えてくれたことがある。振り向いてみた虹の、なんというふしぎ、なんとその美しかったことか。それはあの火葬場の山を背景にしてかかっていたのだ。わたしが、何歳のころのことかわからないが、たぶん三、四歳で、わたしの記憶という記憶を全部出して並べたとして、一番はじめに置くべき記憶はあの虹だろうと、いまも思っている。

その後、虹は何度も見たし、二重に弧を描く壮大な虹を見たこともある。その上、太陽のまわりにできる虹さえも見たことがある。しかし、あのももたやのおばさんに教えられた虹ほど美しいと思うものはついになかったのだ。

その火葬場へ行く坂道を登らず、手前をちょっと右にそれると、永明寺という、大きい寺がある。津和野藩の初期の城主坂崎出羽守（一六〇一―一六一六）の墓や森鷗外の墓がある。筆は中村不折（洋画家）によって、「森鷗外の墓のほか一字も彫るべからず」という遺言のとおりに刻まれ、余計なものは一切ない。

出羽守の後、津和野藩歴代の城主となる亀井氏の墓所は永明寺から見て谷を隔てた乙雄山にあり、巨大な杉の木立に囲まれた静寂の中に、苔むした墓石が並んでいる。近年台風のために、その杉木立も相当な被害に遭ったということだ。

時は大坂夏の陣、大坂城には、政略結婚のため豊臣秀頼夫人となっていた徳川家康の孫娘の千姫がいた。家康はこの「千姫を救い出したものの嫁にやる」と宣言した。

史実についての研究資料はあるが、確たるところは闇の中である。映画や講談になって、この逸話はかなり脚色されたと思われる。

弟よ、お前ぃは見とらんじゃろうが、昔、「大坂夏の陣」という映画があった。豊臣氏のたてこもる大坂城は、外堀も内堀もみんな埋められ、豊臣の軍勢は城の中におることもできんようになった、そこで城に火をかけて打って出たんじゃ、ところが家康の大軍に追っかけられてみんな討たれてしまう。そのころ大坂城は火の海となって燃え上がっとった。そんとき勇敢にも火の中へ入っていったのが出羽守だ。そいで千姫を抱きかかえるようにして助け出したのはいいが、顔に火傷をした。

ようやく戦いが終って、千姫は出羽守に嫁入りするかも知れんちゅう話になるが、千姫は、「出羽のところへ行くのは嫌じゃ」と言いだすし、家康のあとを継いだ秀忠は、それなら本田忠刻のところへ行かそうと、簡単に決めた。話がちがうじゃないか、「ようし、覚えとれ」ということになった。こりゃあ大変だ。

やがて千姫のお輿いれとなる。出羽守は兵を率いてこの婚礼の輿をぶんどろうとした。

でも、出羽守の一党は逆に捕らえられ、わが津和野はお家断絶身は切腹ということになったんだ。

それはどうでもいい、僕が言いたいのは、こんときの映画で出羽守をやった俳優は誰かということじゃ。それはその頃、誰知らぬ者もない長谷川一夫だった。そりゃあ天下一の殿様を演じるには、天下一の美男俳優でなきゃならなかったちゅうわけだ。

そいじゃけど、と思わんか、千姫は嫌だと言うとるんだ。なんぼ約束でも、嫌だと言ってる人をもらってどうするんだ。兄ちゃんだったらもらわん。腹もたてん。そういうときに言う台詞はきまっとる。

「では達者で、暮らしなよ」……と言うんだ。

高台のレストランから眺めると。右手の町はずれに駅が見え、機関車の向きを変えるターンテーブルが目だつ。小郡から益田まで、山口線が開通したとき、津和野はその中間地点だった。だから機関庫ができ、津和野には長い間、鉄道が活気を運んでいたと言える。いまも蒸気機関車が定期的に走るので、カメラを持ってそれを写しにくる人が後を絶たない。

むかし蒸気機関車しか見たことのない私が、SLを懐かしむのは当然だが、SLなんか全く知らない世代の人まで夢中になるのはなぜかと思うに、どうも単なる懐古趣味ではなさそうである。

苦しそうに煙や蒸気を吐き、悲鳴のように汽笛を鳴らしてがんばるようすは、哀れを誘うほど人間的だ。坂道を登ろうとして苦心しているときなど、人間そのもののように思われる。でも、ほんとうに蒸気機関車が好きな人は、そんな説明だけではすまされず、かといって自分でも理由はわからないらしい。

わたしは、ひそかに思う。それは蒸気機関車が、鉄でできているからではないかと……。鉄はむかしから、人間の歴史に関わってきた。人間は鉄を信仰し、鉄が持っている、色や重さやたくましさに憧れた。そして、近代になって、人間の血の中に、鉄分があることを知ったのだ。

駅を出てすぐに南に向かう道ができた。いまは高岡通りという名がある。この道は大橋に出る。津和野川を挟んで両側に道はあるが、主だった道はこの大橋に収束して、町の南北をつないでいる。大橋から駅へ向かういま一本の道も展望台から見えるはずで、橋からカトリック教会の尖塔が見えるあたりまでを殿町という。武家屋敷時代の多胡家の門、町役場、藩校の養老館などが並んでいる。

弟よ、多胡家の門の前の小川には石の橋がかかっとって、門の中に入ると、池があり、夏には見事な蓮の花が開いたことを知っとるか、いまはあの蓮池の上を新しい道路が走っとる。そいで、あの小川の岸は石垣で作られていて水草が生えとった。お前もやっただろうが、僕らぁは木の葉を船に見立てて流れに浮かべ、その競争をしながら家へ帰ったで、ある船は急流にのり、ある船は渦の流れに巻きこまれるなどして気をもんだのも懐かしい。

保と僕の二人が通信簿をもらって家に帰りながら、あの多胡の門のところまで来たとき、保が「書きなおそう」と言いはじめた。操行の点が丁じゃけえ、このまま家に帰ったら叱られる。と言う。彼はお行儀が悪かったんじゃけえ丁はあたりまえだ。保は言う。「おまえは丙じゃないか、お前は乙になおせ、僕は丙になおす」と言う。二年生のときのことじゃった。言うとくけど、あんときゃ成績のいい武夫だって丙だった。嘘じゃないで。

保は共犯が欲しいという心境だったろうし、僕もまあええかと思うた。そいで、爪でひっかいて消して乙と書いた。鉛筆で書いたのに、よくも見つからんじゃったと思うが、学年の終りの通信簿じゃったから、書き直したあとを先生に見られることもなく、まあ無事にすんだ。あれは、あの多胡の門の前の石橋に腰をかけて直したんじゃ。

津和野小学校は、大人になってすばらしい校風をもったところだとわかったが、一年生のころはなじめなかった。幼稚園の経験のあるものは平気だったらしいが、わたしは幼稚園の経験はなかったから、お遊戯をするとか、歌うことなど、とてもできなかった。いまだに社交ダンスさえ厭《いと》わしいのは、そのこどものころの経験が原因だと思っている。私が生まれたのは三月二十日だった。つまり、クラスでも一番小さい方だということになる。一年生の場合、その誕生日の差は大きい。

入学式の日、自分が何をしとるのか、さっぱりわからぬうちに式次第は進行した。担任の先生を紹介され、教室や下駄箱を教えられはしたが、何もわからぬうちに記念写真を撮ってようやく終った。こどもにとっては、ふりまわされる一日で、以上のことの次第は、いま想像で書いているだけで覚えていたわけではない。

弟よ、僕はみんな忘れとるが、その入学式の帰り道のことだきゃあ忘れんで！　どの子も、おかあさんに手をひかれて、殿町の桜並木を帰りよったと思うてみい、そんとき、高森のおばさんが、「あなたんところのぼうやの名はなんというんですか」と聞いたもんだ。「みつまさです」「あら、みっちゃんなの、そいなら、うちの子もみっちゃんでおなじだねぇ、みっちゃん遊びにきてね」と言うじゃないか、それまで、みっちゃんとは話したこともない。そして幼稚園にも行ってないのに、本町通りの下のほうに、可愛い子が住んでいることを知っとるちゅうなあ、いまも不思議だが、ともかく望月を中心にして、あのあたりにゃあ同級生が大勢いた。いま思うと、家の筋向いのしげ子のほか、信子とか、もんだいの美津子など、何人もの美人がいることは知らんまに認識していたらしい。

ええか、こっちが頼んだんじゃないよ、その美人の親が遊びにきてくれんさいと、言うたんだぞ、いわば親の許しが出とるんだ、こりゃあ、行かにゃなるまいと思うのが、人情ちゅうもんじゃなかろうか。そいで、家に帰るやいなや、行った、「ごめんください、遊びにきました」となっ、すると、みっちゃんが出てきて言うに、「いまお客さんがあるから遊べない」と、にべもないんだ。僕は「近くにお越しの節はどうぞおより下さい」というあの手の、社交辞令というものは知らんかったからな。「ほいじゃあまた、さいなら」とゆうて帰ったんだ。こういうとき、なんと言うか覚えとるか、「では達者で、暮らしなよ」……と言うんだ。

大人になってから、同窓会をやったとき、そのみっちゃんがきた。僕ぁ、昔のことをほじくりだして、「あんとき、今日はお客さんがあるから、と言ったんだぞ」と言ったら、

「何もおぼえてはいませんが、そりゃあ、すまんことをしました」という。いまさら謝ってもろーても、どうにもならん、「今日までに、何ど振られたか、知れないが、あれがつまずきのはじめだった」と、僕ぁ言った。

とにかく、そうやって、小学校の一年生になった。いつも教室で待っとると、やがて先生がきて、廊下に並ばせられた、女子が右の列、男子は左、「さあ、みんな手をつなぎなさい」と言うんだ。すると、となりの女の子が「あんたたぁ手をつながん」とゆう。てのひらの魚の目がうつるけえ嫌だちゅうんじゃ。たしかにそうだろう、そのころ僕の右手の小指の付け根には魚の目ができとった。僕ぁ鉛筆でつついたり、鋏で切ったりしたが、どうしても無くならんかった。すると、「なぜつながないんですか」と、先生が僕を怒る、僕ぁしかたがないから、となりの子の袖を持たしてもろうて、泣きべそかいて講堂へ入って行った。そうやって、毎日講堂で朝礼をやって、校長先生のわからん話を聞いてそれからまた教室へ帰って、勉強したもんだ。

ところで、魚の目はお灸がいいというな、いくらすえても熱くない、お灸で焼いて少しずつとる、そいで、熱く感じるようになったとき、魚の目は殆どなくなるという話だ、おしいことをした。これは最近聞いた話だから間にあわん。

殿町の外れは、キリスト教会で、その向かいは絹布工場だった。そこを境に、本町通りとなる。医者、酒、家具、自転車、料理、旅館、油、時計、レコード、菓子、種物、呉服、醬油、文房具、写真、本、薬、衣料雑貨、味噌、こんにゃく、精肉、魚、野菜果物、金物、などの店があり、一本裏の通りには、質屋や飲み屋もあったし、提灯、下駄、桶、畳、看板、ラジオ、鍛冶屋などの家内工業の店も並んでいた。思えばどこの町もそうで、これが「町」という生活共同体の構造だった。

その後、流通の仕組みや生活形態が激変し、スーパーができ、自動販売機が置かれるなどして、共同体の構造も変わった。町並みの保存を願わぬ者はないが、社会の変動には抗しがたい意味もあり、残念ながらその本町の面影もまた変わりつつある。ただ造り酒屋だけは健在だ、その堂々たる建物に加え、伝統的な薬屋と呉服店が辛うじて昔を物語っている。

天津という自転車屋の裏は、わたしが「地球が丸い」ことを教えられて仰天した忘れられないところだ。その向かいの、いつも食パンの匂いのするお菓子屋は、わたしが小僧になりたいと願っていた店だし、その向かいには布施時計店という洒落た店があった。この本町と今市通りがクロスするところの、ささや呉服店にはよく遊んだ友だちがいて、百人一首は、まさしくこの家で覚えたのだ。そこから通りを越した海老屋醤油店は、わたしの家から乾物屋をへだてた一軒隣で、裏口の板戸に半紙大に描いた架空の芝居のポスターらしい絵がはってあるのを二度ばかり見たことがある。最近香月泰男夫人の書かれた『夫の右手』という本を読んで知ったのだが、画家香月さんのお母さんが「再婚してその海老屋へ」きておられたとあるではないか、わたしはそのおばあちゃんを覚えている。聞けば若き日の泰男がよく遊びにきていたという話だ。私がこどものころ見た絵は、香月泰男の少年時代のいたずら描きだったとしてもふしぎではない。

弟よ、本町の布施時計店の犬に嚙まれたといって泣いて帰ったのを覚えとるか？「ようし、仇をとってやる」と、僕ぁ決めた。手ごろな薪を持ってでかけて行った、僕のけんまくを見たおっさんが、どうしたんだという、「どうもこうもあるか、ここの犬が弟に嚙みついたんじゃ。犬をぶんなぐって仇をとるんじゃ」と言うたら、おっさんがそりゃいけんことをした、すまんと言った。仇がシェパードだってドーベルマンだって容赦はしないぞ、と思うとったんだが、嚙みついたんは、テリヤだったろう？　気勢をそがれて帰ってきたら、しばらくして、キャラメル一箱と、カルピスを三本下げて、布施のおじさんが謝りにきたんだ。とうさんは目を白黒させて、やあ、そんなことしてもらわなくても、とかなんとか、押し問答をしたあげく、おじさんは帰ってった。キャラメル一箱といっても、ただの一箱じゃないど、両手で持つほどの大箱にキャラメルの小箱が一杯つまっとった。布施のおじさんは向かいの開成堂で仕入れたのかも知れん。テリヤは無事だったし、おいも狂犬病にはならんかった。どんくらいキャラメルを食ったか、どんくらいカルピスをのんだか、あねーなことは、そうたびたびあるもんじゃないな。

本町通りの突きあたりの望月薬局には望月成《しげる》という子がいた。その近くの後藤孝、金山治世《はるよ》などみんな仲良しだった。金山の家は本屋だった。わたしは、彼からたびたび本を借りて読んだ。

しかし、わたしは津和野を出ていたし、間に戦争があるなどして、一時消息は完全に途絶えていたのだが、一九六〇年ごろのある夕方、雑誌社の連中三人と、よからぬところへ行こうとして池袋の駅にいたら、なんと成が向こうからやってくるではないか、別れてから、少なくとも二十年はたつが、彼の顔は覚えていた。なんという奇遇であろう、わたしたちは、あの雑踏の中でぱったり同級生に遭ったのである。

絶えていた消息が、一度にわかった、後藤孝と、豊田次郎は医者になっていた。東京近辺にいるものでは、成は高岳製作所の重役になり、秀才青木育男は千葉大の教授になっていた。治世は日立で将来を嘱望されていた。彼等はなにしろ東京大学出の秀才なのだ。しかし、成と治世の二人は惜しくも早世した。そのとき、二人の弔辞をわたしが書いたが、成の追悼文集には、ふざけた作文を書いているので、読んでみてもらいたい。これは昔、こどもだったころの作文という贋作だが、書いてあることは嘘ではない。

「成ちゃんたちのこと」

安野光雅

藤本先生

成ちゃんは、きのお大橋のたもとの火のみやぐらに登りました。あそこには半鐘があるでせう、そいで、新しゅうサイレンがなるよーになったけど、どうゆうわけであんな小さいもんが、大きい音をたてて鳴るんか見たいちゅうて登りました。そいで、ぼくにものぼってこいといひました。ぼくは少しのぼりましたが屋根ぐらいまでのぼって下を見たらもう、それはおそろしゅうて、きんたまがふるえそうになりました。だからぼくは成ちゃんに、「おまいもう登るな、落ちたら絶対に死ぬるけえのぼるな」とさけびました。それでも成ちゃんは登りました。ぼくは絶対にゆうまいとおもーとったけど、やっぱしこのことは先生に言うとくほうがいいと思います。

　おととい、ぼくらあは学校から帰るとちゅうでした。長峰時計店の前に「祝・大原陥落」とかいた、看板がでていました、成ちゃんは、その看板を見つけて「あっ、たいげんがかんらくしたんじゃ〝バンザーイ、おいお前らあ、ばんざいしょうで、バンザーイ」というので、ぼくは何のことかさっぱりわかりませんでしたが、バンザーイをやりました。成ちゃんがバンザイをすると、マントがぱっとひっくりかえっていさましいのです。うちへ帰って「たいげんかんらく」ちゅうなあ、なんのことか聞きました。たいげんというなあ、支那の町だとお父さんが教えてくれました。

　そいから、成ちゃんは、教室の入口の戸へ的を描いて、遠くからナイフを投げて、パッとナイフを突き立てる遊びをやっていたのです。僕はなんにも知らんからひょいと戸を開けて教室へ入ってきたのです。そんとき、成ちゃんの投げたナイフがぼくの右手にあたりました。あまり深くはありませんでしたが血がでました、衛生室でほうたいをしてもらいました。いまでもそのきっぽがありますから、うそではありません。成ちゃんは「ごめんごめん」といいました。でも成ちゃんは僕をめがけて投げたんじゃないから僕は腹がたちませんでした。

でもあねーな遊びをしちゃあいけんとおもいます。でもこのことで成ちゃんを叱らないでください。でもこのこたあ先生に知らせといたほうがいいかもしれんと思います。

こないだも成ちゃんたちと、おおぜいで青の裏の田んぼで戦争ごっこをやりました。むこうの陣地とこちらの陣地はどちらも田んぼのとしゃくです。そいで、どんどん攻めていって白兵戦になりました。すると、成ちゃんもぼくらも、としゃくのわらたばを抜いて、それを剣にして戦いました、わらたばを抜いては投げ、抜いては投げしてあそびました、ちらかったわらの上にころびました。としゃくはだんだんくずれましたが、なんちゅうてもあんなにおもしろい戦争ごっこはありません。するとそのとき青のおじさんが、「おまいらーまてーっ」といって走ってきました。成ちゃんや孝ちゃんや金山の治ちゃんらーはどんどん走ってにげました。でもぼくは弟がいたけえ、弟はそんなに早く走れんけえ、にげることができません。そいでしかたがないから、弟と二人で立って、泣きそうになっていました。すると、青のおじさんが「お前はにげなかったから偉い、にげたやつは悪い」

といいました。このことも絶対先生には言うまいと思っていたことですが、やっぱしいうといたほうがいいかもしれんとおもーてかきました。

広島へ修学旅行へいったときも、ぼくは「みんな早く寝ようで」というのに、みんな決してねむりませんでした。朝は孝ちゃんがぼくがなかなか起きんからちゅうて、ぼくのチンコをつかまえておこしました。

先生にみんなつげぐちするようで悪いけどでも、ああいうことはせんほうがいいと思うのでかきました。

そいから、夏休みの宿題はどうしょうか、金山の治ちゃんと、成ちゃんと三人で共同で地図の模型をつくろうで、ちゅうことになりました。成ちゃんの家へいってそうだんしました、治ちゃんは近畿地方の模型がええ、あそこにゃあ伊勢神宮もあるし、びわ湖もあるし、大阪城もあるけえ近畿地方がええといいました、僕は九州がええといいました、九州はまわりが海じゃけえ、模型をつくるのにつごーがええ、近畿地方じゃあさかいめのつくりかたがむつかしいけえ、とゆーのに、成ちゃんは近畿地方がええ、京都もあるし吉野もあると言って、多すうけつで近畿地方をつくることになりました。

作り方は、はじめに一メートル四方の台をつくり、その上に紙をはって、地図の下書きをかいて、それから新聞紙をちぎってぐらぐらにて、メリケン粉を入れて又にて、紙粘土を作ります、そして高い山、低いところをつくり、平野は緑に、山は茶色にぬって、おおもとができたら鉄道や町をかきます。はじめは治ちゃんは大阪城を作るといい、成ちゃんは琵琶湖に浮かべる船やら作るちゅうてきめて、とてもとてもおもしろいものができるはずでしたが、できあがったときは町の名前をかくのがやっとでした。そうして三人の共同の宿題ができました。

でも、これは絶対の秘密ですが、金山の治ちゃんも、成ちゃんも、相談の日はあんなに意見を言ったのに、作るときはなにもしなかったのです。

でも僕が三年生のとき持っていて、成ちゃんの家に忘れてきた三角定規を、このまえ成ちゃんが持ってきてくれました。「尋三、安野光雅」と下手な字で名前をほっています。その定規は僕の思い出の中でいちばん古いものになりました。だからやっぱし成ちゃんはいいところがあるとおもいます。治ちゃんも、いつもぼくのすきな本をかしてくれました。やっぱしみんないいやつでした。だからあいつらのことを悪くいうのは、いちばんいけんことじゃとおもいます。

そいでもこの作文をよむと、ぼくらあの中で、誰が一番えらいか、ちゅうことはわかるとおもいます。
だから先生、こんど通信簿をつくるときは操行を丙にしたりしないでください。よく考えてつけてください。

文中に青のおじさんとあるのは、青直樹という人である公算が大きい。そうだとすると、津和野尋常高等小学校の五代目の校長であり、その後津和野図書館長をなさった方だということになる。

あの戦争ごっこの舞台だった役所の裏は、コンクリートで固められて、駐車場になっているが、もしそうでなかったら、冬は一面の白い雪に埋もれ、あの、としゃく(積み藁)の心棒には烏がとまっているだろう。春は、田圃一面が蓮華畠となり、蝶がひらひらと舞って、遠くの城山は夢のように霞んでいるにちがいないのである。

ぼくたちの葬式

川から霧が出る日、町は霧の湖に沈む
それはお天気のしるし
霧の向こうには、青空がある

ぼくたちは、霧の底で遊んだ
チンは鐘、ドンは太鼓、チャガランはシンバル
お経は、もくもくやあやあ　とらやあやあ……だ

チン……、ドン……、チャガラン……
もくもくやあやあ　とらやあやあ

もくもくやあやあ　とらやあやあ
陰にこもった行列は、葬式ごっこ
縁起は悪かろうが、知ったことか
蝶が蟻にひかれていった
ねずみが川を流れていった、と
元気に葬式をくりだした
もくもくやあやあ　とらやめやあ
もくもくやあやあ　とらやめやあ
もくもくやあやあ　とらやめやあ
よーしんだ　よーしんだ

こどものくせに「死」というものを、知っていたのだ

しげちゃんのお母さんが死んだ日は雪が降った
しげちゃんは雪の中に立って泣いた
鋸屑屋のじいさんが死んだ
あのおじいさんは死ぬ日を知っていたそうだ
昨日の葬式は菓子屋のあかちゃんだ
棺桶を持っていたのはぼくの親父だった
おととい通ったのは、お金持ちのお葬式だ
蓮のはなびらを撒きながらいった

ほんものの葬式は、山の小道へ消えていくが
ぼくたちの葬式はたちまち終り
ちゃんばらごっこの死人が出る

金物屋の政吉の家にはチコンキ(蓄音機)と
「千鳥」の曲のレコードがあった

その音楽でちゃんばらをした
その後、偶然、政吉の娘です、という人に会ったが
その顔がなんと政吉に似ていたことか
「父は亡くなりました。あまりに酒が好きでした」
と言った
でも「今は父を恨んではいません」とも言った

乾物屋のよっちゃんは、鞍馬天狗の覆面を持っていた
よっちゃんの斬られかたは絶妙で
スローモーションの映画のように時間がかかった
よっちゃんは後に、銀行の支店長になるが
若くして死んだ

拾った金で飴を買い
小遣いで焼芋を買った

焼芋屋のおばあさんは目が悪い
秤《はかり》がよく見えないからおまけが多い
と、保から聞いた
峠の桑畑に苺が実ると教えてくれたのも保だったが、彼は戦死した

しげちゃんは快男児だった
家が薬屋だったから、日光写真の薬をくれた

治世《はるよ》の家は本屋だった
彼は家の本を持ちだしては人に貸した
ぼくが本好きになったのは、治《はる》ちゃんのおかげだ
のちに、それらの本が復刻されたとき
万感の思いをこめて「のらくろ」の本を捧げた
治ちゃんはむかしのことは忘れていた

ミツヨは、弁当を持ってこないことがあった
目立たない子だが、机が隣だったので、よく覚えている
明るくて、家の手伝いもよくやる感心な子だった
後に、四人の子を育て、みんな大学へ行かせた

弟の国語教科書にあった

ムカフノヤマニ　ノボッタフ
ヤマノムカフハ　ムラダッタ
タンボノツヅク　ムラダッタ

ツヅクタンボノ　ソノサキハ
ヒロイヒロイ　ウミダッタ

そうだ、ぼくはいつも

山の向こうはどうなっているんだろうな
と思って大きくなったのだ
だから山の向こうにあるという海の歌が好きだった

生まれて潮にゆあみして　波を子守の歌と聞き
千里よせくる海の気を　吸いてわらべとなりにけり

と、……ああなんと壮大な気分なんだろう

遠足の日、はじめて日本海を見た
水平線を見た
海の水もなめてみた
波の繰り返すのを見た
海の石は丸かった
あの日のことを、ぼくはいつまでも忘れない

やがて、ぼくは故郷を後にする日がくる
くに(故郷)を出て行くとき
汽車はあの鉄橋も渡ったし、小学校のそばも通った
城山も目の前にあったのに、何も見ていなかった
前しか見ていなかったのだ
蒸気機関車だったから、汽笛を合図にやがてトンネルに入る
トンネルを抜けると、もう故郷はあとかたもない
煤煙が目に入ってやや赤くなるだけで
わずかに残る感傷はその瞬間に消えるようにできていた

あれから、随分たった
なにしろ戦争があったのだから、空白の時がある

青春は戦争のために傷ついた
わが青春を弔わねばならぬ
もくもくやあやあ　とらやあやあ
もくもくやあやあ　とらやあやあ

あれから、随分たった

その後、山の向こうの、そのまた向こうへ行った
アルプスも越え、ピレネーも越え
そのまた向こうの、ポルトガルの太陽が沈むところまで行った
そんなとき、よく田舎の夢を見たが
山の向こうのどこにも、その夢ほどすばらしい国はなかった
津和野はいつも霧の中だったような気がしているのに
夢には、はっきりと田舎の山河があらわれるのだった

昔日の風景が戻ってくる
川から霧が出て、夢の町は霧の湖に沈む

故郷へ帰る汽車がトンネルをくぐると
まず一本杉が見える
城跡が見える
川が見える
懐かしいあの山や河がひろがる

一本杉の近くには茂太郎の家がある
彼の家の近くにはいまも栄がいる
清の家も近くだった、彼の畑の苺を食べてしまった
悪かったと思ったが、お詫びもしないで今日まできた

駅を降りるとたかちゃんの家だ
彼は修学旅行の朝、ぼくのオチンチンを握って人を起した
のちに医者になった

生家の近くの登の家は今も立派だ
でも登は、もういない

思うに、くに(故郷)を出てから今日まで
ながーい旅に出ていたような気がする
しかし、それは修学旅行ほどの長さでしかなかったらしい

帰って見た津和野の
広いと思っていた道は狭く、高いと思っていた鳥居は低かった
それに忘れていた津和野なまりの人がそこらじゅうにいるではないか

そんな猫のひたいほどの空き地に見せ物小屋がかかった
猿芝居のタクミノカミは、オタオタしながら刀を抜いた
哀れキラはなぜ斬られるのか知らない
あれは、裏口からしのびこんで、ただで見た少年のはなし
ぞっとする。捕まってサーカスに売られていたかもしれない

学校や橋など少しは変わったけれど、山河の形だけは変わらない
いつ覚えたのかはっきりしないが
霧に包まれていてもその形だけは覚えている

あの山河を大自然とすれば
人間の造った花や養殖した生き物を自然とは呼びにくい
それにしても、人間はあまりに悪いことをしてきた
冗談だが、死んでお詫びをするほかはない

チン……、ドン……、チャガラン……

葬式ごっこだ
もくもくやあやあ　とらやあやあ
もくもくやあやあ　とらやあやあ
鋸屑屋のおじいさんが死んだときは
いまのぼくより若かった

弘文は本物のお坊さんになった
もくもくやあやあ　とらやあやあ
もくもくやあやあ　とらやあやあ

縁起は悪かろうが、知ったことか
ぼくたちは、なんの屈託もなく、葬式ごっこをした
もくもくやあやあ　とらやあやあ

もくもくやあやあ　とらやあやあ
今日の葬式はさくらの花を撒きながらいくぞ
もくもくやあやあ　とらやあやあ
もくもくやあやあ　とらやあやあ

川から霧が出る、故郷は霧に沈む
われらがお経は、さくらによく似合う

……昔日……
もくもくやあやあ　とらやあやあ

秘密

こどもの頃のこと、一人になると、よく「畳の上に鏡を水平に置いて、その中を覗いた」。するると、何が見えるか。

天井が写るが、それは突然畳に穴が開き、いま現れた秘密の部屋の床であり、その真中から垂直にのびたコードの電灯は、いかにも床に置く電気スタンドであった。床の間の掛軸は重力に逆らって上に向かって垂れていた。首を曲げて覗きこめば、隣の部屋も見えた。わたしは、しばらく様子を見たあと、想像で鏡の中の部屋に降り立ち、想像の忍び足で、そこら中を徘徊した。家の軒のあたりまで行くときは怖かった。軒の下には、おそろしい青空が待っていて、一歩でも足を踏み外すと、そのとき、あの果てもない天空の中へ墜ちていくにちがいなかった。その怖さに夢は覚め、鏡をこっそりもとに戻し、わたしの空想もまた現実に戻るのだった。

弟よ、ああ弟よ、僕はもう黙っておれないよ、僕は驚いた、ぼくは秘密を知ってしまったんだ。お前ぃ誓うか、絶対に誓うか、いまから言う秘密は、どんなことがあっても人には言わんと誓うか。この秘密にゃあ僕の命がかかっとる。ああくるしいよ、いや、やっぱり言うまい、僕だけの胸の中にしまっとこう。お前ぃが六年生になったら話す。それまでは言うまい。こんな凄い秘密は、お前ぃは知らん方がええ。その方が身のためだ。

なんじゃお前ぃ。なにをぼかーんとしとるんか。お前ぃよくまあそんなのんきな顔でおられるな。兄ぃちゃんは、いま、お前に秘密を打ち明けようかどうしょうかと、迷っとるんだぞ。聞きたくないのか。何？　僕が聞かんほうがええと、言ったからか。

僕ぁ言いたくはない。聞きたくなきゃ言わんでもええ、そりゃあとうさんから聞いた話なんだ。それだけは言うとく。それに心配な話じゃないことも言うとく。安心していてもいい。そりゃあ確かだ。しかし、絶対に人に聞かれては困る。とうさんに聞かれても、かあさんに聞かれても僕ぁ困る。なぜかって、僕ぁとうさんに誓った。「命がけで、この秘密は守ります」と誓ったんじゃ。もし、お前ぃに話したことがばれて見ぃ、僕ぁ首でもくくらなきゃならんど。かといって、僕は兄として、お前に対して、秘密を持ちたくないんだ。

あ！　人がくる。

お前ぃ、寝た真似をせえ、……。

行ったか？　こんど人がきたら、シッと、合図をせえよ。人さし指でこう、くちびるを閉じる真似……。

こりゃあ、大事な話なんだ。何故とうさんが僕にそんな秘密を話したか、それは、僕が六年生になったからだ、僕がもう一人前だということだ。お前も六年生になったら、とうさんが、お前ぃにも話すと言うとられた。だから、いま、僕が話さんほうがいいかも知れん。

ああ、しまった、言うのじゃなかった。どうせ話さないんなら、こんなこと言うんじゃなかった。僕ぁくるしい。

でもなぁ、とうさんが僕に秘密を話したのは、僕が一人前になったということもあろうが、とうさんが年をとってきたということかも知れんのだ。生きとるうちに、言っておかないと、死んだら全ては消えてしまうからな、そう思ったのかもしれん。とうさんは、だいぶいかれてきたからな……。

シーッ、
いまのは誰か、かくれろ、布団をかぶれ。あ、かあさんだ、寝たふりをしろ。

わかった、くるしいからやっぱり言う。言うから、お前ぃ二階に上がって、菓子鉢を一通り見てこい。お客さんが残した菓子があったら、とってこい。早うぃけ。

秘密というのはな、とうさんは百姓の出だと思ってるだろう？　ところがそうじゃなくて、ほんとうは武士の出だ、という話なんだ。先祖はな、朝倉某といって何百石か知らないが武士の出だそうな。フン、ばかばかしい。本当はな、とうさんが言ったんじゃなくて、Yさんから聞いた話なんだ。こんなもん秘密でもなんでもない。いいじゃないか、百姓だろうと、武家だろうとなんだっていいじゃないか。昔の人間は、武家の出のほうがかっこいいと思っている。だから系図というものを、探しだしたり、拵《こしら》えたりして、武家の出だと言ってみたがる。考えてもみるがええ、武家の出のものは、改めて先祖は武士だなんか言やあしない。立派な百姓も無論言わない。それはな、尾羽うち枯らした老人の僻《ひが》み根性が言わせるのだ。誇りを持っている人間は、「もとをただせば侍育ち」なんか言わないもんなんだ。

フン、なーにが朝倉だ、いいかお前ぃ、武士の出だと言わなきゃ持てない誇りなんぞ、捨ててしまえ。どんなことがあっても、誇りは失うな。武士の出だなんか絶対に言うなよ、それは僻み根性まるだしの証拠だ、Yのやつ、武士の出で、蔵には鎧があったのを見たなんちゅうて、嘘ばっかし、僕ぁ恥ずかしいよ。情けないよ。

近所の家を見てみい、向こう三軒両隣みんなお金持ちの家ばかりだ。そんなとき「ぼくの家は、もとをただせば侍育ち」という、空想がいくらかの慰めになるのかも知れん。でも僕ぁ恥ずかしい。そういう僕には僻みがないか。いや、大ありにある。その僻みは嚙み殺さなきゃならん。雑誌少年で鍛えた僕ぁ本を読んでそう思ったんだ。いいじゃないか百姓で……。

お前ぃ寝るな。眠いか馬鹿やろう！　兄ちゃんが、秘密を打ち明けようかというときに、眠るな。聞け！　そして指きりせえ、誓え、絶対にだれにも言わんと、誓え。秘密というのはな、本当はな「侍育ち」なんてなまやさしいもんじゃないど。

ええか、言うど、聞け、「うちにはな、地下室があるんど」。驚いたか！　シーッ。

うん、僕は見た。とうさんがつれて降りてくれた。もちろん暗いよ、裸電球がついてた。入口か、入口はな、来てみい、押入の仏壇の下だ、ほら、あのバスケットや、提灯の箱や、薬箱などをのけて一番奥の、板壁が見えるだろう、あれを押すんだ。ただ押すのじゃなく、なんだか難しい押しかたがある。すると、壁がどんでんがえしになって、狭い階段が現れるんだ。

とうさんは、懐中電灯を持ってそろそろ降りた、僕も降りたが、怖かったぞ、スイッチを探して押すと電灯がつく。すると、見えた。そこにはな思いがけない部屋があった。驚いたなあもう、浦島太郎が竜宮城へ行ってもこんなに驚きゃあしなかっただろうて。

あの地下室は、生まれるまえからあったんかもしれん。そいでな、あの地下室は地下道で、井戸に通じとるんだ。だから井戸の底からも行けるし、地下で暮らしても飲み水で苦労することはないよーになっとるんだ。

掛軸なんかがあったよ。ぐるぐる巻いて箱に入っているから、どんな絵か字だか知らないが、あれは宝だ、時価一〇〇万円という軸物がゴマンとある。中でもすごいのは米櫃だ。お前ぃうちの米櫃を知っとるだろ、あれはな底なしの米櫃だぞ、あの米櫃は地下室まで続いとる。だから米櫃にもぐって、どんどん底へ行けば地下室に出る。ええか、米はいくら食っても底がない。だから無くならないんだ。家はなぁ外からみたら貧乏だ、ところが食うに困ることだけはないんだぞ。地下室には米でも砂糖でも、炭でも布団でも、本でも一杯だ。それにな、秘密の箱には金も山ほど詰まってる。これは驚いたな。おまけにな、鎧に兜、槍、太刀、それに馬の鞍まであった。いよいよ家はな、佐野源左衛門尉常世の子孫ときまった。「もとをただせば侍育ち」なんだ。佐野源左衛門を知っとるか。いいよこんど話すから。

ところが、この鎧の話だけは大嘘で、端午の節句の人形の古いやつだ、鼻の欠けた金太郎なんかと一緒にしまってある。

ええな、約束だぞ、お前の友達が、「ぼくの家には地下室がある」なんか言っても、「僕の家もだ」などと負けずに言うな。

そうだ、大事なことを忘れていた。お前が六年生になったとき、とうさんが「きょうは、大事な話がある」と言うときがくるだろうが、そんときは、たのむから何も知らん顔をしているんだぞ。


いや、心配になってきたな。こんなこと言うんじゃなかったな。

お前を信用するからな、人には言うなよ。本当のことを言うとな、みんな嘘だぞ、嘘だと思え。でもそんな嘘を聞いたことなんか、誰にも言うなよ絶対に……。


最近弟と昔話をした。勉強を教えてくれるのはいいが、宿題の絵を代わりに描いて、これを出せという、出さないと怒るから出したら金紙を貼られた。あんな後ろめたいことはなかった。

和歌の宿題で、母をうたえば、「たらちねの」という枕ことばをつけろ、といわれて、ほんとうに困った、という。

書初めを見て、「うーむ、あやしい、お手本を敷き写しにしたな」といって、お手本と書いたものを重ねた。すると、必ずしもぴったり重ならなかったので、驚いて、お前ぃ良く書けたぞと、とてもほめてくれた、という。「いまでこそ言うが、あれは敷き写しにしたものだった」……とも。

弟として、兄の手のうちは、見通していたが、「地下室」の秘密だけは堅く守り「長くこころに残っていた」というのである。

弟よ

黒の装束

雪の夜更け、家の前を異形の者たちが通った。饅頭がさに黒の装束、黒足袋にわらじの紐をしめていた。溶けた雪が足袋の中にしみこんでいたにちがいない。

異形の者たちは、呪文を唱えながら、後から後からと続いて行った。

わたしは戸の隙間から、彼らが通るのを見た。かの一団は、永明寺という寺のお坊さんたちで、あれが寒行なのだと知っての後も、不気味さは変らず、寒い冬の夜などには、今でも、異形の流れが戻ってくる。

神勅

わたしには弟がある。最近その弟に会ったとき、「雪の夜、お坊さんたちが行くのを見たことはないか」と聞いてみた。弟も「見たことがある、でもあれは寒行なんだから早朝だ、夜もやるのかどうか知らない」と言う。でもわたしの記憶では、丑二つ時のできごととして定着してしまっている。

昭和十二年、弟はわたしが小学校六年生のとき、一年生に入ってきた。日中戦争がはじまった年のことである。あれは七月七日、中国の盧溝橋で日中両軍が衝突したのが発端だった。町中の人が赤い提灯をかざして「勝ってくるぞと勇ましく、誓って故郷《くに》をでたからは」と高らかに歌って示威行進をした。そんなことを思い出すのは、弟が「家の中の畳の縁を道に見たて、軍歌を歌って行進させられた……」と言うからである。やがて灯火管制の時代となる。あの頃の記憶は、亡霊の行く、あの冬の夜のように暗い。

五年生で歴史を習う。その教科書の一ページを開くと、「神勅」というものが出てくる。先生は「この神勅を暗記せよ、これが、覚えられないようなものは日本人ではない」と言った。

わたしは、すぐに弟のことを思った。彼に覚えさせねばならない。でないと、彼が日本人でなくなる。

その日、弟をつかまえて、むりやりに覚えさせた。いま思うと、自分の暗記の相手だった。弟は「なんのことかさっぱりわからなかった」と笑う。

「とよあしはらのちいほあきのみずほのくには」
弟「トヨアシハラノチイホアキノミズホノクニハ」
「これわがうみのこのきみたるべきちなり」
弟「コレワガウミノコノキミタルベキチナリ」
「よろしくいましすめみまゆきてしらせさきくませ」
弟「ヨロシクイマシスメミマユキテシラセサキクマセ」
「あまつひつぎのさかえまさむこと」
弟「アマツヒツギノサカエマサムコト」
「まさにあめつちとともにきわまりなかるべし」
弟「マサニアメツチトトモニキワマリナカルベシ」

特訓のかいがあって、弟は二年生のとき級長になった。当然だ、一年生で「神勅」を諳《そら》んじているものは日本中探してもいなかっただろうから……。

リュックサック

遠足の日がくる。すると、風呂敷を三角にたたみ、中ほどにおむすびが入るほどの袋に縫う。一方の口から竹の皮につつんだおむすびを入れ、くるくると巻いてたすきがけにし、胸のところで両端を結ぶ。

水筒は、父が鮎かけに行くときに持って行くブリキ製のそれで、直径一・五センチメートルほどの筒が口だったが、やはりブリキで鋭利だから、うっかりすると口を切る。栓はコルク。明治時代ではないのだから、そんなものを持って遠足に行くものはなかった。

一、二年生の頃は自分の格好が、他のものと違うことに気がつかなかったが、やがて他の子は、いくつもポケットのついたリュックサックというものを背負っていることに気がついた。水筒だってそうだ。偏平なものを持ってくるものはいやしない。なにしろ彼らの水筒には磁石までついている。

その頃の日本は不景気のどん底だった。たぶんリュックサックなど買えないほど貧乏だったのだろうが、金があっても、父は一年に一度しか使わないリュックサックなんて無駄だ、と思ったにちがいない。

わたしが、本の世界に遊ぶようになったのはその頃だ。カトリックの神父さんの門をたたけば、何時でも、雑誌や本を貸して貰えた。

その頃の本には、貧しい家の少年が、親を看病し家計を助けて働く、美しい話に満ちていた。二宮金次郎といっても、知る人は少ないだろうが、その頃、その銅像が立っていない小学校は日本中を探してもあるまい。それは修身の時間にいやというほど聞かされた偉人伝中の人なのである。

金次郎はわらじを作って、家計をたすけ、やがて里子にやられた弟を連れ戻した。学校で習うそんな美談にはあまり動じなかったが、進んで読んだ雑誌に教えられて「リュックサックはいらない」などと、自分に言い聞かせる少年ができたのだ。

論語を習ったときのことも思い出す。論語といっても漢文ではなく、小学生向きの「シノタマワク、アシタニミチヲキクコトヲエバ、ユウベニシストモカナリ」といったような、チンプンカンプンのものだ。

そうした中に、うろ覚えだが「マズシクテモミチヲキクコトヲエバ、オカネモチニナラズトモカナリ」といったような意味の言葉もあった。先生は「みんなもそうだろう、家が貧しい方がいいと思う者があったら手を上げろ」と言われた。手を上げたのはわたし一人だった。先生は怒った。わたしは黙っていたが、「ぼくもお金持ちの家の子がいいと思っています。でも、そんなことを言うと、父が困りはしないか、と思うものですから」と、そういう気分だった。雑誌的教養によって、少々ませていたのかも知れない。でも、その少年の心意気のために、甘んじてブリキの水筒を肩にかけることができたのだ。

弟の遠足が近づいたとき、わたしは「弟にリュックサックを買ってやってくれ」と切に訴えた。父はそれを買い、弟は新しいリュックサックを持って遠足に行った。

わたしは、ようやく美談の主になったのである。

別れ

その弟と別れる日が来た。あれは、熊本幼年学校の校庭で、軍人的制服に着かえた新入生が一列に並び、その前に保護者が一列に並んだときのことだ。校長が「皆様の子供は、今日から子供ではなく、命を預かった日本の軍人であります。敵が上陸してきたら、銃をとって第一線に出て戦うのであります。もし異議のある方は、ただ今、一歩前に出て下さい。その方にはお子様をつれて帰っていただきます」と言った。

あのとき、わたしは父の名代で、あの校庭の弟の前に立っていた。そして、もう少しのところで一歩前に出るところだった。わたしは勇気がなかった。しかしあのとき一歩前に出た親は一人もなかった。

弟が二、三度手を振って校舎の影に見えなくなったとき、あれが最後の別れかと覚悟した。この年すでに、日本軍は空母の大半を失っていた。米軍はサイパン、グアム、テニヤンなど日本軍の拠点を次々と陥《おと》したあと、ついに沖縄に上陸した。

わたしも弟に一月遅れて軍隊にとられた。その後、原爆が投下され、日本はポツダム宣言をのんで軍門に降《くだ》った。

敗戦

幸か不幸か戦争に負け、わたしも帰り、幼年学校も瓦解して、弟も戻ってきた。

敗戦後の暮らしはきびしかった。両親が疎開していた父の故郷の山奥の、ペンペン草の咲くあばら家に集まって、一家が揃って芋の茎などを食っていたが、それでも楽しかった。

村の青年たちと、闇煙草を製造した。煙草はできたが、売るためのルートがなかったから、結局それも遊びに終った。専売法違反だが、戦後の乱世はそれでも平気だった。

悔恨とともに告白する。その頃、わたしははじめて弟をぶったことがある。理由は、彼が二、三人の同級生といっしょに煙草を吸っているところを見つけたからだ。

更に告白するが、わたしは彼の年頃には同じように煙草を吸っていた。それに、闇煙草を作って売ろうという者が、煙草を吸った弟をぶつ資格があるだろうか。ない。でも「トヨアシハラノミズホノクニ」を教え、「ぼくはいい、でも弟だけは」と考えた雑誌少年の志に照らして、煙草を吸われては筋が通らぬ、という理由からだった。いまは詫びたい気持ちである。

わたしは、ペンペン草の宿にいて、心の奥の、底の底に、だれも知らない誇りを育てていた。それは、弱い自分を確実に強くした。すべては、あの少年美談の美学で、いわばやせ我慢だった。

養子

それにしても、なんと悔やまれることだろう。わたしは二十一、弟は十五の子供のとき、命拾いしたあの弟を、義姉の養子に出してしまった。

養子といっても父から見れば義姉も子で、たまたまその家に子がなかったから、請われて弟は養子に行ったのだ。

あれは戦後すぐの頃、老衰した両親には、もはや子を養う力はなかった。計算すると弟は、父が五十四のときの子だ。父はそれで、一度に二つのことが、うまくいくと考えたのだろう。姉弟といっても一緒に暮らしたことはないから、弟から見れば他人も同然だったのに、二十一のわたしは、養子というものがどんなものかわからなかった。

いろんな軋轢がおこった。そのことについては書かないが、弟の心中はどんなだったろう。弟よ、「おまえはこどもだったんだ、おまえから養子に行きたいと、頼んだことは一度もない。無理に口説かれて、親たちが勝手にきめたのだ」。かわいそうに「おまえはなにも知らずに出ていった」。幼年学校のときとはちがうのに、弟が養子になって家を出ていくとき、わたしは「一歩前」に出ることをしなかった。なんと、悔やまれることか、美談少年はあのときなにをしていたのだろう。

「悟り」と厨子
知らぬ間に時間がたった。その弟も、結婚し子供もでき、そして老けてきた。久しぶりに会った弟が「兄ちゃんは、まだ毛があるな、ぼくはだいぶ薄くなったぞ」などと言うようになった。そんな年になっても、わたしの目には、君臨した時代の弟しか映らない。

わたしの言うことは決まっていた。

「禿げをなおす方法は「悟り」のほかない。禿げたっていいんだよ、と悟れば、一夜にして解決する」

わたしは恥じる。「悟り」でよかったら、弟のほうがよほど大きい悟りを得ているはずだ。なにしろ彼は、子供を一人亡くしている。その子はまだ誕生日も迎えない赤んぼうだった。

無信心の彼が、仏壇を作った。板を削って小さな厨子を作り、ニスを塗って仕上げた。わたしも無信仰で神も仏もない。しかしあの厨子を拝んだとき、仏と一つになっている弟の心情がわたしの胸に伝わったような気がした。先に逝った子に手向けるものとして、厨子のほかに何があっただろう。

弟よ

弟よ、黒衣異形の行列よ、
幸か不幸か、わたしは無宗教だ。
雑誌少年の美学は、口先ばかりのものだが、いつのまにか、体に染みついてくるものらしい。

弟よ、おまえはまだ煙草がやめられないらしいが、わたしはやめて二十五年にはなる。でもそのほうが、健康にいいという理由からではない。強いて言えば、煙草を吸わないほうが、面倒がなくていいことがわかったからだ。

おまえの煙草をとがめたことを反省している。煙草で命が縮んだとして何ほどのことがあろう。煙草をとがめて、延命医療を笑うことには矛盾があるからね。

わたしはついに、親父が死んだ歳をすぎた。おまえもやがて、父の死の歳がくるだろう。あの歳に大した理由はないが、わたしにとっては命の目安だった。

異形の黒衣の行列が去来する。あれは、おまえと一緒に暮らした時代の、共通の記憶だったな。

二　蘇る記憶

灰と万年筆

そのおじさんはいかにも哀れだった。勤めていた万年筆工場が火事になって潰れたため「灰にまみれた万年筆を、お給金の代わりにもってけ、なんか言われて……」と、万年筆を灰の中からとりだしては大事そうに磨くのだった。そばには火事でやけた工場の写真が飾ってあったが、それはおじさんの栄光の時代を証明する形見の風景と思われた。

往年の万年筆は、ペンの首のところが蓋《ふた》になっていて、その首をひねって開け、別のスポイトでインクを満たすという面倒なものだった。

そのころ雑誌などに広告が出ていたし、しかも浩ちゃんの持っていた新型は、胴体自身がスポイトで、いきなりインクつぼの中に万年筆を突っ込み、おしりの部分を手前にひくと静かにインクが吸い込まれてくる。しかもその部分が透明であるため、中のインクが見えるという重宝なものだった。

話がそれるが、浩ちゃんはお金持ちの息子だったから、通信販売のカタログを見ては、次々と注文するらしく、ギターにアコーデオン、絵の道具一式、それに登山用の鍋釜一式まで持っていた。これは詳述するしかないが、ぺちゃんこの湯沸し、固形アルコールとでもいうような燃料。アルミのコップにコンロなどが、一つのかたまりに収まっているものだった。ある日、登山に誘われた、登山といっても峠まで登るだけである。そこで、紅茶を沸かすのだが、これはまあ高級ままごとであった。

さて、おじさんの灰の中からは、なんと浩ちゃんのものと同じ、最新型の万年筆も出てくるのだ。

我が家にあった万年筆は旧式でインクの出ぐあいが悪かった。で、親孝行だったわたしは人知れず洗面器の中でそれを分解し、歯ブラシでこすってインクのかすを洗い落とすことを趣味にしていた。

そのわたしが、哀れなおじさんに会ったのである。五十銭だったか一円だったか、ともかく文字どおりの掘出し物を買うのだからと、祭の小遣いの増額を父にせがんだが、父は相手にしてくれなかった。

その口惜しさを作文に書いた。先生は五重丸をくれ、そして「あの万年筆は買わないほうがよかったと思いますよ」と書いてくださった。

そうだろうなと思う。正直なところ、おじさんのいかがわしさは感じていた。でもあの万年筆は欲しかったのである。

白熱電球

わたしにとって「電気」という言葉は、いわゆる電気ではなく「電気がきた」とか「電気がつく」などと用い、未だに白熱電球と同義語である。だから停電は暗闇以外のトラブルを意味しない。その頃の人々は停電に馴れ親しみ、公的停電と私的故障のちがいをよく見分けることができ、蠟燭《ろうそく》やランプの備えも怠らなかった。

わたしがこどもの頃は、電気があることが文明のものさしであった。かなり田舎へ行っても電気のないところはなかったが、「おまえの村には電気がきていないだろう」などというのが、寄宿舎ではじめて顔をあわせる学生同士の挨拶だった。

夕方六時になると、町中いっせいに電気がついた。遊びほうけているこどもたちの中の、誰かがその電気を見つけると「電気がきたぞ、またあしたな」といわねばならなかった。それはこどもたちにとって、「もう、いいかげんにして家に帰れ」という合図だった。

電気は電柱の変圧器から導線によって家の中へ引き込まれるが、わが電気は家ができた後、おくれてきたため、電気が壁や天井を這うようにたどった後、部屋の真中からぶら下がったコードの末端の電球に到る道程を、裸の状態で見ることができた。今の言葉で言うとその末端の電球までがレンタルであった。つまり電球が切れたら、電気会社に持参してとりかえてもらうのである。

電球は透明なガラスで、にきびによく似た突起があり、それは空気を抜いた痕だと言われていたが本当だろうか。ガラス球の中にはやはりガラスの心棒があって、そこに張られた蜘蛛の巣ほどの線に、なんと部屋中を明るく照らすほどの力があった。わたしなどはその電球の下で、蛍雪の時代を偲んで宿題にいそしんだことになっているが、夏は飛んで灯に入る虫のために勉強をしているわけにはいかないのだった。そんなとき電気の正体を調べてやろうと思って、あのソケットの中へ鉛筆をつっこんでみたことがあるが、わが電気は鉛筆の芯をも貫いて、わたしの手をしびれさせた。

その頃電気の明りを補助するために、乳白色のガラスの傘がついていた。これもたぶんレンタルだったのだろうが、当初はリリヤンという細紐で編んだ手芸品でこの傘を飾る風があり、その飾りはその家に年頃の娘さんがいるというしるしにもなった。ミシンでもテレビでもそれが有難い時代は飾りがつけられていたことを思えば、わが電気に飾りがついても不思議ではあるまい。

やがてそのリリヤン飾りに代わって、明りを遮蔽する黒布で電気を覆わねばならなくなった。そして僅か直径一メートルばかりの明りの下だけが世界となる。世に言う灯火管制の時代がきたのだった。

蠅取り銃

わたしがこどもの頃、隣は乾物屋で、その向かいは同じ家の経営になる魚屋さんだった。その乾物屋には、「自動蠅取り器」とでも呼ぶべき、じつにおもしろいものがあった。

それは木製で、小さな針箱くらいの大きさである。パンのこね棒のようなドラムがあり、これがぜんまい仕掛けで、ゆっくりとまわる。このドラムに、いま思うと肉汁らしきものを刷毛で塗っておくと、その臭いに誘われて蠅がとまる。蠅は、ドラムがまわっているのも知らず、囮《おと》りの液に酔っているうちに、ひとまわりして牢獄にも似た網籠に誘導される仕掛けである。蠅はいま来た道を逆にたどれば表に出られるはずだが、脱走できる蠅はいなくて、牢籠の中には、いつ見ても二、三十匹の蠅がうろうろしていた。こうして生け捕りにした蠅を、最終的にどうして殺していたか、それは見ていない。

ところで、数年前『アメリカの珍発明』という本を見た。これは「小鳥のおむつ」とか、

「蘇生したら出てくることができるお墓」などというものが並ぶ珍なるもので、発明者は大まじめに、特許をとっているほどなのだが、この本はその大まじめさをおもしろがる精神で作られている。ところが驚くなかれこの本に、例の「自動蠅取り器」が載っていたのである。これは笑いものにしてもらっては困る。じつにうまく作動しているのをわたしはこの目で見たのである。ただし、これが「蠅取り紙」に比べ、どちらが実用的、経済的かどうかについては疑問がないこともない。しかし見ていておもしろいという点では、蠅取り紙の比ではあるまいと思う。なにしろ蠅取り紙に黒くなるほど蠅がくっついた状況は気持ちが悪い。(ちょっと考えると、そう思いやすいが、ところがそうではない、他所《よそ》の家の蠅取り紙は知らず、自分の家に仕掛けた蠅取り紙に、山ほどの蠅が捕まった状態を見るのは、なんとも気持ちのいいものなのである)。だから、「自動蠅取り器」の価値は簡単には言えないが、その当時の判断では「生け捕り」がいい意味もあったのである。たとえば河鹿《かじか》(いい声でなく蛙)を飼うばあいの餌になる。たしかにそうだが、それが第一の理由ではない。

そのころ「蠅取り週間」というものがあった。こどもたちに蠅を取らせる、一人が一日十匹とるとしても、一千人こどもがいれば、一日一万匹の蠅がいなくなる。これは衛生教育の一環である。……と、浅知恵の大人は考えたらしい。果たせるかな「蠅取り週間」がはじまると、こどもたちは蠅たたきを持っていっせいに町へ出る。取った蠅はマッチ箱などへ入れて学校へ持って行き、その数を申告する。

たくさん取ればごほうびに鉛筆がもらえたのである。こどもたちは、見境いなく蠅をたたきつぶし、それを指でつまんでマッチ箱へ入れた。干物を作るために干してある魚などは穴場で、しかもそれは我が家の隣にあった。たたきつぶされた蠅が、干物の間にはまりこむことが全くないわけでもなかったことを思えば「なーにが衛生教育だ」といまは思う。

蠅取り紙をそのまま学校へ持って行けばよさそうなものだが、それはフェアではないとだれもが思っていた。こどもたちにとっては蠅を無くすことではなく、蠅を殺した数を争うことが問題だったのである。そんなとき、あの「自動蠅取り器」のなかの蠅をいぶし殺しにでもして学校へ持って行けば、蠅取り競争の一等になれるのに、というのが、当時のわたしから見て、この機械の最大の特色であった。

先般、さる大学で哲学を講じているところの中易という友人が、香港土産に「蠅撃ち銃」とでもいうものをくれた。われわれが蚊を叩くとき両手でピシャッと叩くが、あの両の手のひらが、二つの蠅叩きだと思えばいい。二つの蠅叩きはXの形に交差していて、これを開いた形にしたままフックにかけて銃の先にセットし、飛ぶ蠅を狙って銃の引きがねを引くと、蠅叩きは瞬時にたたまれてビシャッとすごい音をたてる。両蠅叩きの間に蠅を捕らえたら、かれは完全に平になっている計算である。ただしどこまで本気なのかわからぬのは、蠅叩きの一方の面には弓術と同じ円の的が設けられ、中心部ほど高い点がつけられていることである。その珍なるところが、わが友人の土産の意味なのではあった。

今日になって、やっと長雨がやんだので、仕事場の窓を全開にして大掃除をした。しかる後、気持ちよく仕事をしていたら、元気のいい一匹の蠅が入り込んでいることがわかった。なかなかとまらず、めまぐるしく飛びまわるばかりなのである。たまにとまれば、間髪を入れず叩くのだが、彼はからかうように体をかわす。しめたと思って叩けば、それは蠅ではなくネジクギの頭だったり、あきらめて昼寝でもしようとすれば額にとまって、あのぬるっとした足跡を残すのである。

ついに感情的になったわたしは、伝家の宝刀を探し出した。かの「蠅撃ち銃」である。蠅は飛ぶ、しかし距離がはかりにくい、右かとおもえば、左であり、上かと思うと下にいる。銃を隠すようにし、しのび足で空中の黒点を見定めようと腐心した。窓を開けて追い出す手もあるが、他の蠅がまた入ってこないとも限らないし、名誉にも関わると思って、もう何度、あの仰々しい音をたてたかしれないのに、蠅は挑戦的に舞い狂うばかりである。

だれもいない部屋で、珍なる道具踊りをするかと見えるわたしの形相を見た者は、ついに来るべきものが来たと思いもするであろう。ふがいないが、今日のところは休戦ということにした。

わたしは、この稿に武勇伝を書き、畏友中易にもお礼がしたかった。でも今日は疲れた、明日戦ってもいいがそんな暇もない。いまは兵糧攻めにでもしてやろうか、と考えるだけである。

香具師の口上

新宿の三越のショウウィンドウの前に人だかりがあり「お前、何持ってんだ、やい、見せろ」と小声でどなられている気の弱そうな男をみた。敗戦から六年たった、ある日の夕暮れのことである。二人の男のやりとりから、駐留軍に勤めている若者が石鹸を盗みだして金に変えようとしていることがわかった。この商売は警官に見つからぬうちに、手早くやらないといけないらしかった。石鹸のないころ一個百円なら安いと、わたしは盗品と知りながら、二個も買い、ずしりとくる重さに満足して足早にその場を去った。

部屋の整理をしていたところ、長く行方がわからなかった『香具師《やし》口上集』（坂野比呂志口演、創拓社）という録音テープが出てきた。本当はそれを文字にした本もどこかにあるのだが、これはまだ出てこない。

わたしは香具師のありかたをよろこび、口上を愛し、その熱演は舞台の名優に勝ると信じている。なにしろ、見知らぬ通りすがりの人の足をとめるのである。はちまきをした蛇を地面に置いて「蛇が鳴くよ」と一言いうのだそうである。急ぎ足のものも、「え？」と思って立ち止まる、そして疑いぶかい耳を傾けるが、やがてその話のとりこになるのである。

わたしはこれに聞き入って時間を忘れる。こどものころはその台詞を覚え、まねをして遊んだ。でも香具師はインチキだ、と頭ごなしに言う人がある。何がインチキなものか、あれは祭や縁日には、無くてはならぬ風物詩である。

たとえば効かない「がまの油」も押売りではなく、口上に乗って、客がすすんで財布の紐をほどいたのである。いわば彼の熱演が醸し出す幻想を買うようなところもある。かりにインチキだとしよう、でも、たとえば彼の売っている「がまの油」の副作用で死んだという者がいるか、無い。ところが公認の薬でひどい目にあった例ならいくらでもあるし、現に輸血でエイズにかかった例はまだ未解決である。

かりにだまされたとしても大した金ではない。それにくらべて、しつこい宗教の勧誘や、銀行や証券会社の上層部のやったいくつかの実例は巧妙で、なにしろ、大看板があるのだから「がまの油」売りが千人いてもかなわない。このような例なら、ほかにいくらでもある。

一般に「だまされた」というとき、だまされた自分にも責任がないわけではない。たとえば

「必ず値上がりすると言われた証券が下がった」場合、むしろ買ったものに責任がある。一週間でペラペラ英語が話せるようになったり、お金で裏口入学を謀《はか》ったり、医者から見放された癌が、がまの油で治るなどそんなうまい話はない。そんなうまい話を本気にするのは、なつかしい「香具師」に鍛えられていないからである。わたしの買った石鹼は寒天のかたまりだった。でも恨んではいない。あの石鹼売りは懐かしい反面教師である。

おから

東京駅一七時発のひかりに乗っている。

富士が淡い夕焼けにくっきりと映え、麓の山々は、まだ遠近が感じられるほどの階調を保っていた。ずいぶん日が長くなったなと思ったのは、空が見事に晴れていたからだろうが、陽はまもなくかげり、丹沢山地の山並は黒一色のシルエットになってしまった。

アナウンスが、この車輛に(自分で自由に料理を選んで買うことのできる)ビュッノェがあるといっている。行ってみたら、ビールとそのつまみ、酒とその肴、デザートの果物や菓子、サンドイッチの類、弁当、おにぎりなどがならんでいた。焼きおにぎり、つけもの、おから、きんぴらごぼうなどを買って席に帰ってみたら、早くも富士は目前にせまり、やっと判別できるほどに暗くなっていた。

以上のメニューに丸干し鰯を加えれば、新宿駅は古く、わたしは若く、駅前に屋台が軒をならべていたころ、その中の、一膳めし屋で、よく腹ごしらえをしたころの料理になるのである。「おから」は豆腐を作ったあとの、残りかすであることはいうまでもなく、家畜の飼料として珍重されている。卯の花などと呼ぶのは美称である。ところが、わたしは豆腐よりもこのおからのほうが好きなのである。ただし豆腐がそのまま食べられるのにくらべて「おから」のほうは料理の手間が大変らしい。

むかし、わたしの田舎には「おだいしさま」の縁日に、あちこちのお寺で「お接待」という、ちいさなご馳走がふるまわれる習わしがあった。こどもたちはどんなに遠くても訪ねて行き、煎り豆や、酒の粕や、お赤飯をもらったりするのだったが、そのとき食べた「おからのいなりずし」の味を今もわすれない。

わが新幹線は小田原をすぎた。この駅の近くに、堀内という友人の家がある。彼のおくさんの里の内田家でおよばれがあった折り、そこで食べた「おから」がおいしかったので、小さい鍋いっぱいになるほど、もらって帰ったことを覚えている。むこうでも覚えていて、予告してくれれば作っておくから、といってくれるのだが、あまり厚かましいこともいえない。

内田家のそれも、わたしがこどものころ食べたものも、こんにゃく、にんじん、ごぼう、あぶらげなどのほそぎりが混じり、青豆が散らされ、かすかにごま油の味がした。そして「おのみ」（大麻の実）と呼ぶ草の実がわずかに混じり、運よくそれをかんだときの、なんとも香ばしい幸運の味がかくされているのだった。

新幹線のそれに「おのみ」は無かった。

ひととおり平らげたころ、窓の外はすっかり暮れ、列車は掛川を過ぎた。遠く家並の灯が見える中に、ひときわ明るく明滅しているのはパチンコ屋のネオンと見えた。

裏返し

以前、NHKの日曜喫茶室の「シャーロックホームズとダンディ」とかいうテーマで話がはずんでいるのを聞いた。

むかしは洋服を裏返しにして仕立て直したものだ。という話になり、池内紀が「ゲーテのブロンズ像に裏返しの洋服を着ているものがあるが、あれは作者の失敗ではなくて、あのころは、ゲーテもそういう洋服を着ていたのだと思う」と言っていたのが、心に残っている。

わたしも戦後すぐのころ東京へ出てくるのに、裏返して仕立て直した洋服を着て小さくなっていたことを思いだす。裏返すと、左胸のポケットが右にきて、ボタン穴も右に開くことになるが、そんなことは気にならなかった。レインコートなどで、裏返したら違う色が現れて二通りに着られるというものがあるが、あれはなかなかいい。バックスキンといって、はじめから、裏を表にすることを見越して作るものもあるくらいだ。袋ものや、綿入れの丹前など、裏を出してつくり、最後に裏返しで表をだして仕上がりというものも少なくないことからして、裏返しという考え方もばかにならない。

むかし、内側に取手のついているコーヒーカップの絵を描いて得意になっていたら、福田繁雄が、絵ではなくて実際にそれを作っている、と聞いたので、盗作と思われてはまずいと思って、本人に聞いたところ、コーヒーカップを作っている工場を見にいったら、一つずつ取手をつけているので、「その取手を内側へつけたものを少し作って下さい」と頼んだのだそうだ。彼はそれを作品として出品し、然るべき賞を得た。なんでもないことのようだけど、内側へとりつけるという発想はまさに福田流で新鮮である。

わたしの場合は、裏返しのイメージからの産物なのである。思考実験として、なんでもかたっぱしから裏返したとして考えるとおもしろい。そもそもわたしはこどものころ、地球は丸いという話を聞いたとき、内側に丸くなっているんだな、と思った。人間はその内側に住んでいる。でないと落ちてしまう、と考えた。これは地球儀を裏返した状態である。

わたしはパジャマをそのまま脱ぐから、一日毎に、裏と表を繰り返すが不自由はない。靴下はいいが、足袋や手袋を裏返すと、左右が逆になる。酒瓶を裏返すと、本当は自分は瓶の中にいることになるが、酒のすきな人は酒の海に溺れるような錯覚におちいる。

自分の家を裏返すと、外まわりの壁がかこむ内側が世界となり、自分はその壁の外にいるのだから、部屋は無限の広さをもつことになる。人間でもお尻から手をつっこんで口からだし頭を摑んでひきだせば、人間の裏返しができる。

このように、穴があればなんとかなるが、石のような穴のない塊は難しい。例外として大福餅がある。これを裏返すとお萩餅になる。

初心の絵

およそ三十年ばかり前のこと、日暮里に冠《かんむり》商店という荒物屋があった。探しに行ってみたく思うが道がはっきりしない。今もあればいいなと思う。なにしろあのあたりを走っていて、工事中のため道を曲るように誘導されてふと出会った店である。

裏道のやや入り組んだ道の奥にあたり、店の裏は石を組んだ崖で、ひっそりした風情のある一角だった。まず冠商店という大看板があるほか、店の表は沢山の看板で埋まっていたが、それらはすべて手造りで、たとえば「鋸目立」と書いた看板は黄色の地に青の縁どり、画面に大きく黒い鋸があり、それについている刃は見事に白い。絵だけではない、字も絵も巧まずしてたいへん好感のもてる筆使いなのである。何とも懐かしい絵だなと思って考えると、これは、こどものころ遊んだ「いろはかるた」の絵札のような表現なのである。つまり「いろはかるた」をすごく大きく拡大して看板にしたと思えばいい。

「軍手」と書いた絵札もある、この字が良くて、やはり絵が描いてある。ほかに「雨傘」「地下足袋」「釘」などがあり、いますぐには思いだせないが、ともかく屋根から軒下まで看板で埋まっていた。

あまりおもしろいので、写真に撮りたい、でも無断では悪かろうと思って、店の中にはいり、ご主人にわけを話して許しを請うと、二つ返事で「いいですとも」といってくれた。

店の中は商品でいっぱいだった。花火もあればベーゴマもある。チョークから箒、蚊取線香、荷造り紐など、およそ荒物、日用雑貨で無いものはない。このあたりに住む人にとってとても便利な小百貨店だったと思われる。ご主人はそのころ六十二、三といったところで、ごましおのあたまを五分刈にした実直そうな方だった。許しを得たものだから、貪欲に看板の一枚一枚をたんねんに撮った(この写真を探すのだが、あまり昔のことであるために出てこない。そのとき撮った写真を一枚、そのころ講談社が出版した『こども百科事典』に載せたことを覚えている。もし、これを読んで冠商店のことを知っている方があったら宛名か、電話を教えていただきたい。一〇四番で聞いたが、あのあたりには同じ名前が多くて、判明しない)。

写真を撮っていると、ご主人が改めて「あなたは絵描きさんではないですか」といわれた。

「まあ、その」と答え、「これらの看板はわたしの大好きなタイプの仕事なのです、だからほかの人にも見せたいと思いまして」といったところ、「わたしの仕事を認めてくれたのは、あなたが二人目だ。一人目はアメリカ人で、二十年ばかり前のこと、店先にロボットを作って飾って置いたところ、ジープで通りかかった進駐軍の将校が降りてきて、ロボットをためつすがめつ見たあと、なにやら言われた。このロボットをぜひ譲ってくれと言っていることがやっとわかった。気にいってくれたことがうれしくて、ただで差し上げたいと言ったのだが、それはできないと(わたしはその金額は忘れたが)、ともかく沢山のお金を置き、ロボットはジープに乗って貰われていった」。

「二人目はあなたです。わたしはこどものころからずーっと絵が好きで、暇さえあればものを作ったり、絵を描いたりして時間を過ごした」。だれかに習ったりしたのか、と聞けば、全く我流で先生はいないと言う。東京芸大なら、歩いて行ける距離で、今にして思えば有元利夫(わたしの尊敬する画家、若くしてなくなった)の家もすぐ近くのはずである。この方は誰にも知られず、凡そ五十年間一人で絵を描いてきたという計算になる。絵が好きな人は多いが、この人のように純粋に自分の絵を育てた人は少ないと思った。

「我流がいい、我流だからこそあなたの作品がわたしたちの日に、とても新鮮に映るのです」

とわたしは言った。実を言うとそれは自分にいいきかせる言葉だった。

ご主人に、描いた絵があるが見てくれないかと、家の縁側に招かれ、小さい衝立に仕立てた絵を見せてもらった。画面の上の方に(本当は建物の中に入っていて見えないところの)観音様が寝ておられ、両側に上り下りの石段があり、右はのぼる人、左は下る人の波で賑わっている。題して、さる正月の「なになに観音参詣の記念」ということだった。参詣する人物の目鼻までていねいに描かれていたが、その人相はじつに善男善女であった。

もう一枚、トタン板に描かれた油絵があった。これは一面に緑の稲田で、遠くに白い煙をはきながらＳＬが走っている。

「これは、日暮里あたりの風景で、汽車は常磐線、昔はこうだったが、今は昔の面影はない。だから明治百年を記念して描いたのです」ということだった。

絵は、師匠が無かったというだけあって、五十年以上も描きつづけているのに筆づかいが器用になっていない。これは、いい意味である。絵描きは、とかく初心を失い、技術的に熟練して筆が走るようになる。その筆さばきは一見上手に見えるが、それは心の問題ではなく手先だけの問題で、本当はいいことではない、失礼ながら吃音のある人は誠実な人が多いのに似ている。画家に「明治百年を記念して」緑の田園を描いた人があるだろうか。

手先ではない、誠意である。こどもの絵がそうだが、大人になると大事なそれを忘れる。

清水達雄（数学者）にこのことを話したら、「その常磐線の絵を買うことはできないか、あんたが仕入れてきた金額の二倍で買う。百万円だったら、二百万円で買う。清水組に買わせて社長室にかける」といいはじめた。わたしは、買いに行った、金儲けをしようと思ったわけではない。ご主人は絵が売れれば喜ばれるかもしれないし、小説のような話から事実をつかみ出したい意味もあって、でかけていったが、ご主人は「目を悪くして入院している」とのことだった、わたしは、何も言い出せず、もう一度絵を拝見したまま、帰ってきた。

線香

三十年近く前のこと、盛岡へ行ったとき南部鉄の、かぼちゃを模したおもしろい香炉を買った。鉄に青錆がでるものかどうか、ともかくはじめから青錆がふいたような仕上がりだった。早速、炭や香などを求め、見よう見まねで香をたいてみた。それは香を楽しむなどという優雅なものではなく、なにしろ香炉を買ったのだから、一度だけ試してみようという程度のことだった。なるほど、部屋にかすかな薫風がただよいはしたが、その頃のわたしにとっては、お香が日常の雑事を忘れるまじないになるわけもなく、不精のせいもあって、それきりになった。残っていたお香と炭のかけらをどこにしまったものか行方不明だが、香炉だけはいまも床の間らしきところに納まっている。

その後、京都の松栄堂の名香が手にはいった。わたしが煙草をやめたのとほとんど同じ頃で、その匂いもさることながら、煙の動きにもなぐさめられるものだから、その香をたてて気をまぎらわせた。むかし買っておいた香炉が役にたったのである。

そんなある日、部屋へ帰ってくると、なんともいい残り香があった。目をつぶれば仕事場の雑然は消えて、寺の本堂の静謐さを思えなくもない。あたりの香りは、千年以上も前の唐箱から生まれているのかと思うこともできた。このようにいうと、いわゆる香道にふさわしい仕事場を思い浮かべる方があるといけないから断っておくが、香にふさわしいのは香炉だけで、すべて匂いには不似合いな場所におけるわたしの空想癖によるものである。

じつはわたしがはじめて東京へ出てきた四十数年前のこと、町田の養運寺という寺の離れを借りて住んでいたことがある。ああ、なんと懐かしいことを思い出したのだろう、線香にこれほど凝っていながら、こうして文章を書かなかったら、恩のある方たちのことをいったいいつ思い出しただろうか。

その頃の住職は田中寛成という方だった。顔かたちや、考え方などが生物学者のHに似ているものだからHに会うたびに思い出してはいたのだが、それにしても御無沙汰をしすぎた。

亡くなられたあと一度伺ったが、それももう三十年は前になるかもしれぬ。わたしが居た頃、まだ小学生だった照子ちゃんはいい奥様になっておられたし、まだ三歳だった秋重ちゃんは、砂場と勘違いして大きい米櫃の中に入り、みんなが気がついたときは、中の米をほとんどかい出していたり、貴重な百科事典にどんどん落書をするような困った子だったが、いまは見違えるほどに大きくなって、養運寺を継いでおられたのを知って、年月の過ぎる早さにいまさらのように驚くのだが、今ごろはいいお子さんに恵まれて、その子が、またしても米櫃の米をあたりに撒き散らしているのではないかと思ったりする。

その後、わたしの母も亡くなったが、その時、弔問の線香がどっさりたまった。これはいわゆるお香ではなくて、安ものの線香から、ややいいものまでいろいろあったが、わが家は仏壇をおかぬ主義なので、仕事場でそれをたてた。いや、たてつづけた。

線香はまだ充分あるのに、それがなくなったらどうしよう、と思いはじめたのはその頃からである。たとえば比叡山で香を見ると、この香を買っておこう、と思ったり、どこの町でもお線香を売る店があるとついふらっとはいってしまう。とかくするうちに、いろんな線香がたまったのだった。

いま手許にあるのは、檀香、禅定香、花かすみ、微笑、翠烟、浮宝、法霊香、五雲、正覚、無名、などで、法霊香はとても高級で線香と一口には言えない。五雲、正覚などは火をつけずにそのまましまっている。好きなレコードはしまって聞かない、というけちな気分に通じている。

浮宝は空港で買った。外国に行ったとき一本ずつたてて日本の匂いを懐かしんだもの。外国のホテルで火を使うのは心配な意味もあるが、煙草にくらべればましかもしれない。わたしは線香をはじめから寝かせて使っている。これなら倒れて火事になる心配はない。

この前、京都の杉本秀太郎が入院した。見舞いに行く道すがら、線香を買ってしまった。さきに無名と書いたのがそれで、多分インド製だと思われ、安くて匂いが強い。見舞いに行く人間がお線香を持っているのは変な話だといいながらそれを見せたら、三本だけくれと言いストローをさやにして持って行った。かれは無事退院したし「いい匂いだった」といってくれたから、べつに縁起が悪いわけでもあるまい。

台湾の線香は円高のせいもあってすこぶる安い。で、それをわたしが大量に買うので、人は、なんと気まぐれなことかと思うらしかったが、通訳の女性がやや匂いのいい高級品を土産にくれた。赤い筒にはいった檀香という名だった。それは細い竹に香をまぶしつけた感じにできていて、火をつけると、ちゃんと竹の芯まで灰になるからよほど燃えやすい何かが混じっているのであろう。台湾のお寺ではこの線香の煙が、まるで落葉をたいているのではないかと思うほどにくゆりつづけていたものだ。

思えばあの養運寺にやっかいになっていたころは、落葉をたく煙や匂いにも心をうごかされたものだが、このごろは落葉をたくということも絶えてなくなった。しかし、いまくゆる線香の煙は、部屋の中へ、落葉を燃すほどの広い世界をもちこんだように思えなくもない。

あの香りは、どうやら中毒気味に、わたしの心の底に住みついた。やはり年をとったのかもしれない。

三　忘れえぬ人

蓮華雪降る

十五年前の四月一日、エイプリルフールの日、わたしは、パリの日航ホテルにいた。旅の最後の日だったから、日本へ帰る荷造りをしなければならないのに、疲れのためか気力がないので、寝て窓の外ばかり見ていた。と、雪になった。蓮華ほどもある牡丹雪が、パリ中に舞い降りてくるのである。遠くの雪はゆっくりと降り、近くの雪はそれより早く落ちるため、遠近法の強調されたふしぎな光景を見ていたのだった。

翌日、空港の日本航空の窓口へ行ったところ、担当の人が「アナタガ、アンノカ、ソレナラスグ、イエニデンワシナサイ」と言った。電話は息子の嫁さんがとった。はたせるかな「おばあちゃんが息をひきとられました」という。老衰的心不全だった。葬式の経験者である弟が大阪からかけつけ、家のものも大わらわになって、なすべきことをしていてくれた。三日の夜は、遺体のそばに寝て形ばかりのお通夜をした。わたしが、四月一日が好きなことを知っていて、母はエイプリルフールを選んでくれた。蓮華雪の降る、まさにあのとき母は逝ったのだな、と勝手なことばかり考え、不孝者としては、時差の関係もあって不寝番が少しも苦痛ではなかった。

慌ただしい日が過ぎた。樹々の花はすでに散り、初々しい若芽がでて、世界は新生の喜びにつつまれていた。

そんな五月の十六日、我が家に初孫が生まれた。どんなに待っていたことだろう。女の子で、息子は思案の末、咲子とつけた。「しょうこ」と読む、この字には笑うという意味があるのだという。こどもを育てた経験はあるが、孫はまったく違う。生まれたばかりで、なにもしないのに一時間見つづけても飽きない。テレビではこうはいかないと話した。

その子が高校生になった。息子は、「何か記念に買ってやるから、なんでも言えと言ったら、携帯電話だというので、買ったけど、まだだれからもかかってこないらしい」と言って笑った。

わたしは、電子辞書とでもいうのか、広辞苑ほか和洋の辞書がいろいろはいった上、発音の声まで出てくる辞書を買ってお祝いにした。

時代は変る。時間ほど確かにすぎるものはない、とつくづく思う。

恩師

絵ばかりでなく、人生の師として思い出のつきぬ方がある。勝見謙信と言い、山口県の室積というところにあった師範学校の、その頃は学芸大学になっていたから、正しくは教授であった。広島県の生まれで、東京美術学校の出身、猪熊弦一郎と同級だった、などと聞いたことがあるが、くわしいことは知らない。あのころ先生は四十歳くらいだったはずである。

昭和二十二年、わたしは戦後のデモシカ先生だったから、いわゆる教職課程の単位をとって、より正式な教師になるために、その大学の研究科というところへ行くことになった。

そこで、教育原理だとか教育心理だとか、たいして役に立ちそうにもない勉強をさせられたものだが、美術だけは楽しかった。

はじめての授業の日、チョーク箱をモデルにして、鉛筆で写生することになった。うまく描けたわたしは、それ以来授業に出ることを免除され、どこでも好きなところで絵を描いてきて、批評を受ければそれでいいことになった。

「昨日、『のらくろ』という漫画にヒントを得まして、寝ている奴の目に赤いセロファンを張っておいて、火事だーと、さけびましたら、奴がおどろいたのなんのって……」と言えば、「こんどな、寝ている奴のパンツの中に味噌を入れといてみろ」といわれた。そんなふうである。晴れの日は写生に行き、雨の日は石膏を描くなどして過ごしたのだから、楽しくない日はなかった。

ある日、わたしも碁が好き、ということがわかって「それなら、今晩わしの家にこい」と言われた。その夜、わたしが黒で四局打ったが、四度ともに黒一目勝ちの結果となった。これが演技だとしたら、かなりの曲者ということが(碁をやられる方なら)わかるそうだが、これは全くの偶然である。で、その翌晩も参上した。奇跡は二度おこらず、実力はいい勝負ということがわかった。

先生はめったに「待った」はされなかった。碁は潔癖で、最後まで勝負を捨てることがなかった。後にわたしのほうが強くなってから、「待ちましょうか」と言うと「待っていらん」と一喝された。「強いて難をいえば、自分が負けている間は帰して貰えないことだ」と、(同じようにお世話になった)わたしの弟と、偶然にも意見を同じくしている。

そのころ徳山に当時の玉川学園の学長小原国芳先生が講演にこられた。「第一次世界大戦に負けたドイツは立ち直って第二次を戦った。日本も負けずに復興しなければならない。いまこそ「君が代」を歌おうではないか」とピアノの前に立たれた。講堂を埋めた聴衆は声をあげて「君が代」を歌った。そういう時代だった。歌う目に涙のない者はなかった。

その講演が終わった後、さる絵を見た小原先生が「この絵を描いた人物を玉川学園に招きたい」と言われ、それがわたしの作品だったために、わたしの上司にあたる石田勝美という校長が「東京へ行ってはどうか」と言われた。いわばスカウトであるが、これはドラマの好きな小原先生の、知る人ぞ知る出来ごころなのである。

芝居のような話が本当になった。

わたしは、その翌日勝見先生の家を訪ね、かくかくしかじかと訴えると、「世の中は狭いものだ、おもしろい、お前は東京へ行って、絵かきになれ」と言われた。世の中が狭いというのは、勝見先生の奥さんのお兄さんに当たる杉山司七という方が、たまたま玉川学園の通信教育学部長として赴任されたばかりだったからである。

あれは十二月の寒い季節だった。終戦直後のことである。着るものがないから、洋服を裏返しに仕立て直し、右胸にポケットのある洋服で上京したのだった。そして、まだ単身赴任だった杉山先生の部屋へころがりこんで、正式な面接の朝を待った。納豆というものを生まれてはじめて食べたのも、小川芋銭《うせん》の「河童の花見の図」に感じいったのも、あの先生の部屋であった。

この面接のくだりは長くなるので省略するが、寒い応接間で、長いながーい間、ほとんど一日中待ちつづけていた見知らぬ青年を、家にまねいてお昼を食べさせてくださった教授があったことも忘れることができない(たしか高木という名前だったと思うが、もし心当たりのある方があったら、教えていただきたい)。

玉川学園に行ってからは、こんどは杉山先生のお世話になった。変な話だが月給が遅れて金に困り、杉山先生の奥様になんどもお金を貸していただいたことがある。杉山先生はその後、東京都立上野美術館の館長になって、玉川を辞められた。わたしも辞め、三鷹の小学校の久世清先生に拾われて、しばらく小学校の先生をやることになる。

あれから四十年ばかりたった。勝見先生は摂津市に越しておられた。病気見舞いに行ったわたしは、先生に五目ばかり置かせるようになっていた。凡夫の浅ましさで、碁を打つときは態度ものごし、どちらが先生だかわからないから先生は怒る。あのとき先生は手術のあとで、体力はないはずだが、決して降参しない。

わたしも手加減すればいいのに、本当は六目置いてもらいたいと思っているものだから、盤面の黒を全部殺すつもりで大風呂敷をひろげている。と、一瞬の油断があった。あたりをついで、白はまことに不名誉な追い落としにはまった。失礼な態度で打っていたわたしは、飛び上がって居住まいを正した。先生は「ばーかにしやがって」と奇声をあげ、おさえても、こみあげる愉悦の感に堪えておられるのであった。

あの碁が最後になった。杉山先生が亡くなられてから四年、勝見先生が亡くなられてから二年になる。

司馬さんの最後の言葉

恥ずかしい話だが「腰の痛み」について書こうと思う。ところが、思った瞬間に止めようかと、思いは乱れている。

司馬遼太郎さんは「人間ドック」というものが嫌いだったという。でも医療科学の進歩ということに無理解だったわけではない。日頃の会話から推して、あるいは書かれたものから察するに、剣士のような死生観があったとみえ、その心がまえが、人間ドック的に命を大切にするという、いわば人に頼る生き方をいさぎよしとしなかったのだと思われる。また、生来あまり好きでない「病院」へ出入りする時間に対しては、怠惰であったのかもしれぬと思う。

この死生観は、わたしの目の高さから見たもので、司馬さんのそれはもっと遥かなものだっただろうが、さる戦争を経て、ややすてばちな感覚を余儀なくされてきた経験が、あまり命にこだわらない種類の死生観を構築するのに(この歳になった今では)プラスのはたらきをしているかもしれぬと思う。

わたしは毎年人間ドックへ行っている。そして「精密検査をしてみますか」という程度の結果を伝えられたのは昨年の暮れだった。では春になってからにしようか、と厭なことは先にのばすことを考えていたある日、腰のあたりに痛みを感じた。多少気になるので精密検査に行ったが、その検査は無事パスした。そのためお医者さんは安心して「でも痛い」というわたしには、痛みどめをくださって、もう一日ようすを見ましょうといわれた。

痛いんだから、名古屋の取材に参加しなくてもだれもとがめはすまい。

ところが、あの司馬さんを中にしてしゃべっていると、酒というより、話に酔って、じつに不思議な雰囲気の別世界が出現する。ほとんどアラビヤンナイトの世界である。わたしはひそかに「司馬千夜一夜」だなと思っている。いちど、その世界の話に酔ったものは、まるで麻薬患者のように、司馬さんの話に飢えはじめる。わたしも、中毒になってしまったらしく、参加するためには痛みくらいどうでもよくなっていた。

例題として、そんな一夜の話を要約すると例えばこうである。司馬さんは声をひそめて言う……。

「あんのさんな、どことやらの町(わたしが失念)へ取材に行ったときな、町の偉い人たちが、わしらを歓待して下さろうとして、準備をなさってたらしいのよ、でな、「司馬さんはいつも奥さんを連れてこられるという話だが、どの方が奥さんやろか」ということになったんやて、でな、あ、わかったあそこに、遅れてきてはる人がそうや、ということになったんやと、わしはなあ、あんなに情けないことはなかったぜ」というのである。

遅れてきてはる人は、なんと、須田剋太(「街道をゆく」のシリーズの絵を描いていた大先輩、歳は司馬さんよりかなり上)さんだった。かりにこの方が女性だったとして、プロポーズする人があるかどうかを考えてみれば、司馬さんがどのくらい情けなかったか、ということがわかるだろう。

わたしは須田さんに会ったことはなかったが、よく司馬さんの文章の中に出てくるため、おかっぱでいつもジーパンのつなぎを着こなしている先輩として知っていたから、司馬さんの自虐的おかしさは、たちまちわたしたちに伝染するのだった。

そういうわたしもニューヨークで女性とまちがえられたことがある。そこはウィリアムズバーグという正統的(ユダヤの戒律を厳しく守る)ユダヤ人の町だった。わたしはダウンジャケットに身を包んで街角をスケッチしていた。すると、老婆が近寄って「何を描いているのか、なんのためか」などといろいろ質問したあげく、最後に「あなたは女か、それとも男なのか」と聞いたのである。このことは司馬さんが『街道をゆく――ニューヨーク散歩』の「ウィリアムズバーグの街角」という章に書いている。

わたしには僻《ひが》みがある。それはおなかが出ているということではなく、英語がうまく話せないという僻みである。僻みは怖い、老婆は本当は「あなたは妊娠しているのか」と聞こうとしていたのではないかと思って、腹がたったときは老婆は立ち去ったあとだった。

わたしは、腰のあたりの電撃的痛さのために温泉へ行った。ちょうど、暮れの二十七日から伊東の温泉を予約し、徹底的に湯に入って湯治というものをしよう、と考えた。たしかに風呂へ入ると、その入っている間だけは痛みが嘘のように治まるのである。わたしは三日間というものは、世の中と連絡を絶ち、山海の珍味を前にして、それを半分も食べずに、寝ていたのだ。

「お一人なんですか」。一人です。「さみしいですねえ」。さみしかあないよ。「おつれさまは、今夜……」。きません。「おぐあいでも悪いんですか」。ええ、腰が。「マッサージをよびましょうか」。お願いします。

これが三日の間にしゃべったことの全てといってもいい。

「司馬千夜一夜」でこの体験を話すのに、みんなは箸がころんでも笑うアラビヤンナイトの世界にはまっているから、同情をあつめることはできなかった。やや、惻隠の情を示してくれたのは、司馬さんだけだったことをわたしは忘れない。よって、以下司馬さん以外は敬称を略す。

司馬さんは「あんのさんな、宿のおかみさんはな、なにも心配していなかったと思うかい？暮れの忙しいときに、一人で温泉に泊まって浮かぬ顔をしていりゃ、借金とりから逃げてるとかね、それならまだいいほうで、よほどの事情があって、首でもくくるんじゃないかと……な」

首をくくるなんて、そんな、「顔をみりゃあわかる」でしょう。さっきも、編集の池辺が言ったでしょう。「今日のこと、熱田神宮でスケッチしていて警備の人から、許可無くここでスケッチしてもらってはこまる、事務所へきて、許可をとってください、といわれて、あんのさんムッとして、許可を得てまでこんなところを描きたかあないよ、といってやめましてね」という話をしたら、司馬さんも怒って、静かにしてるのになにがいけないんだ、とおっしゃるから、「いやあ、こういう身なりで描いてると、あやしく見えるんでしょう」と弁明すれば、馬鹿なことというな「(あんたの)顔をみりゃあわかるだろう」と言ったのは司馬さんだったのに……。

では、わたしの身なりや、立居振舞いに問題はないか。あれは『街道をゆく』の「北のまほろば」で、雪の弘前城へ行ったときのこと、鈴木克彦の二人のおじょうさんと、おくさんが、一度ご挨拶したいといって、城のところで会うことになった。司馬さんが案じて言うに、「鈴木さんとこのおじょうさんはな、こどものときから、ずーっとあんのさんの絵本を見て大きくなったんやと。それでね、あんなきれいな花や、小人が遊んでいる絵をかく人は、どんな人なのだろうか、それはもう星の王子さまみたいな人にきまってるとね、だから一生会えることはあるまいと思って大きくなったんだと。あの口の悪い鈴木さんがいうんだからまちがいない。でね、今日はその夢に見た人と会うことになるわけだ。わたしゃもうどうすりゃあいいんだ、あの子たちの夢をこわしたくないんだよ」と、言った。大阪弁でいう、ほなら「どないせえちゅうねん」。

伊東の三日目、あまり宿の中で、寝てばかりいるのもどうか、オブラートでも買いに出ようと思って散歩にでかけ、平和堂という薬局にはいった。「何か、神経痛の漢方薬はありませんか」というわたしの話を聞いて、美人の店主は「それは帯状疱疹ではないかと思います。もしそうだとしたら漢方薬ではないので、すぐ病院へ行ったほうがいいです。いま病院に電話をして、開いているところを探しましょう」と、じつに手早く方々へ電話をして伊東病院を紹介してくださった。早速うかがった病院は、歳末大掃除の最中だったが、やさしく診てくださって、「帯状疱疹」の疑いが事実になった。痛いのはとっても痛いが、命に別状はないということだった。

そういえば、半年ほど前、森毅《つよし》が、ヘルペスをやった。「人の痛みだから、どんなふうだったかわからず失礼したが、今わかった、おくればせながら、あのときは同情もできなくてごめん」と電話したら、「そやろ、人にはわからんのよ。でも小松左京はあれで、十六キロやせたというで、あんた希望を持てるよ」などと言ったが、いまのところ体重に変化はない。

ものの本には、神経に住みついたヘルペスビールスが、宿主の疲労など体調の隙を窺ってあばれはじめ、神経に沿って表面に噴き出して疱疹を作るから帯状になる。だからタイジョウホウシンというのだが、このとき司馬さんは「オビジョウホウシンと言うほうがわかりいい」と言った。たしかにその通りである。

ところが、おどろいたことに風呂には入らぬほうがいい、と言われた。わたしは、伊東で出会った親切な人々を思い出にして、その日のうちにこの町を出たのである。

司馬さんの話なら耳を傾けるのに（編集部員は）わたしの話はとぎれとぎれにしか聞かない、だから長谷（カメラマン）は突然こちらを向いて「知ってる知ってる、平和堂は駅前の魚のうまい店のあるところの先でしょ、そこで一回飲んだことがある」などと言った。そうかもしれないが、「おまい、人がつらい話をしているときに、飲み屋の話なんかすると怒るよ」「へえ、すみません」というんだから、落語だ、もう。でも、さすが編集長の柘は、だまって薬を売ればそれですむところなのにと、平和堂の人の対応にいたく感動して「よし、感謝をこめて次の号を送ろう、あれには、司馬さんも安野さんも写真がでているし」と、早速送った。その号は、「濃尾参州記」の連載を予告する記念の号だったのである。

名古屋で会った、医者の鶴田光敏も、見えないところの痛みは「医者でも、経験したものでないと解らない」という。参考までに言うが、「お産の痛みとどっちが痛いですか」と聞いた人もある。

臨床心理学の河合隼雄にも話したが、そもそも人の「痛み」というものは解らないものだという。肉体的な痛みもだが、精神的な痛みも経験しなくてはわからない。たとえば、差別されたものの心の痛みも、第三者には本当のところはわからない。でも差別による抵抗の辛さは、痛みの反映なのだろうな、と理解することができるようになった気がする。これは「帯状疱疹」を経験して得た唯一の収穫であった。そうして今は九十九パーセント治っている。

さて、わたしは名古屋の取材へ参加した。痛みはあっても、話の宴に侍《はべ》りたかった。でも、司馬さんの前であまりにむさくるしいのはまずいと思って、十日ぶりにシャワーをして髪などを洗った。このとき、腰の疱疹が濡れるのを防ぐため、一計を案じてゴミ袋の底を抜いてスカートにし、これを胸の上に高くとめてシャワーをしたら非常にぐあいがよかった（ただし袋には「ゴミ収集袋、燃えるゴミと燃えないゴミをきちんと分別しましょう」などと書いた文字があり、この文字を通してじぶんの裸が見える。読んでいると、わしゃゴミか、という気分になる）。しかし、このことを理解してもらうのは、どういうわけか難しかった、やっと解ってくれた人が「なーるほど、盲腸の手術をしたあとなんぞいいかもしれぬ」と、感心してくれたが盲腸のときはまずい。かりに、そんな姿の自分を鏡に写したら、もう悲しくって、おかしくって、縫合のあとがまた裂ける。

この話を司馬さんはどこまで理解されたかわからないが、しかし司馬さんのほかに惻隠の情を示すものは一人もなかったことをわたしは忘れない。

つぎの夜（正月七日）はわたしが紀伊国屋で展覧会をやっているため、一日だけ名古屋を空けて、新宿へ帰った。その夜、池辺がわが家へ電話したがいない、仕事場へもかけたが出ない。で、その一夜はわたしに関する疑惑が沸騰したという。

次の夜、いつになく司馬さんは早く寝るといいだした。わたしは、今夜は嫌疑をはらさないと寝つけない、と言えば、司馬さんは「なーに、たいしたことじゃあないの、あんのさんが、本当はきのうの晩はどこに泊まったのかな、というただそれだけのことや」と言った。

わたしが、「あの……」と言い終わらぬうちに司馬さんたちの乗ったエレベーターのドア(名古屋のキャッスルホテルのエレベーター)が閉まった。

あれが、司馬さんのわたしに対する最後の言葉となった。

たい焼きの夜

司馬さんを囲んで飲んでいると、話に酔うらしくて、酒がまわらないうちから、みんな笑い上戸になってしまった。その話の世界は、「司馬千夜一夜」だとひそかに思っていた。

そこへ遅れて入ってくる者があったとする。そういう者に限って前後関係にかかわりなく、もう笑っているものだが、「どうして遅れたの、車がこんでいたんだろう」などと言ってみるのは、なんの助けにもならない。

そんなとき司馬さんは「あのな、木下くんな、いまあんのさんがヘルペスにかかって困っているという話になってんのや」

という具合に、遅れてきた者に前号までのあらすじを聞かせてくれた。配慮というのはこういうのを言うのである。そんなとき、木下はわたしを一瞥しただけで、もう同じ世界にひきこまれるのだった。

司馬さんは「で、木下くんな、あんのさんは十日も風呂に入らなかったから、ここへくるのに一度風呂にはいってからにしないとまずい、と思ったらしいのよ、しかしな、腰のあたりの吹出物には薬がつけてあるし、医者には風呂に入ってはいかんと言われて、困ってな、そこで一計を案じてゴミ袋をとりだしてな、そいつにこう二つのあなを開けて、それをはいて風呂へ入った、という話になっとるのよ」

それこそ「前号までのあらすじ」を言わないとわからないだろうが、なにしろこの暮れにわたしは帯状疱疹にかかった。ここで吹出物といわれているのは、その疱疹のことで、この病気は大変痛い目にあうものだが、そのときはようやく峠を越えて、どうやら人前にでることができるようになっていたのである。

と、まあそういうわけで、そこにいる長老や当人のわたしは、司馬さんのいう「あらすじ」に多少の誤差はあっても、それはそれでおもしろいからいいではないかと思っているのに、同席している編集部員の中には校閲に鍛えられて大きくなったような若い者もいる。その若者は、

「司馬さんちがいますよ、ゴミ袋に穴はひとつしか開けないんですよ、それでいいじゃないですか、あんのさんはそれを、スカートのようにはいた、すると、半透明の袋だからゴミのよ

うなものが見えると言ってるんですよ」
と、(あたかも父が兄のことを誤解したとき、それをかばって父につめよる弟のように)訂正しようとするのである。そんなよけいなことを言うから、司馬さんは話がわからなくなってしまって、うなだれて、「あんのさんは、絵の話ならよくできるのに、他の話はどうしてわかりにくいんだろう」と、嘆息することになるのだ。

「絵の話ならよくできるのに」と嘆息したと書くと、どうかするとわたしの自慢ばなしと聞こえるおそれがあるが、これも他の雑文に書いてしまったことだが、事実なのである。

わたしの話がわかりにくい、というときに、わかりよい話もある、とつけ加えて、話のバランスをとってくれるのも司馬さんの気くばりかも知れないが、今になって、わたしはその夜の司馬さんの〈理解〉のありかたが理解できた。司馬さんは右図のように理解したらしいのだ。実際は中で足りる。言葉では「風呂にはいる」といっても「シャワーをする」という意味なのだから中でいい。しかし男性的理解とでもいうものがあるとしたら、司馬さんはスカートをはくというシーンは想像できなかったのだろうと思う。では、右図ならどうか、わたしは早くも老人として介護されている気分になってしまうではないか。

女性的理解というものもあるから、男性的理解というものはあるかと思える。

Aという人だが、娘に「お産のときはね、本当に屈辱的なのよ、T字帯という、越中みたいなものをしなくちゃならないの、あんたたちもそうして生まれたんだけど、あんたたちはもう越中をしなくていいかもしれないわね」

といったが、娘には越中褌がわからない。だからなぜ屈辱的なのかもわからない、というのだった。


司馬さんの『街道をゆく』の「北のまほろば」の取材に同行したとき、雪の降りしきる青森から下って、弘前まできて夜になった。わたしたちの乗ったバスが一時停車したとき、目のまえが、たい焼き屋さんだった。それを見たらとたんに腹がへってきて「あのたい焼きが食べたいな」とつぶやいた。司馬さんの耳に、そのつぶやきが聞こえたらしく、「よし、買ってきてやろう」といってバスから降りた。わたしはあっけにとられていたが「司馬さんにたい焼きを買いに行かせるなど、そんなことをしていいいか」と、すぐに反省し続いて降りた。

店の中では司馬さんが交渉していた。たい焼きはいま四個しかできたのはなく、焼けるのをまつ時間はない。「では今川焼きではどうか、それでよければ、できているものが、しまってあるが」。その今川焼きというのは、たい焼きと同じか。「形がちがうだけで、内容はおんなじだ」。ではそれを三千円ばかりください。というようなことになっていた。

その夜は、参加した者の酒の肴に、鯛のお頭つき、もしくは今川焼きが並べられた。酒のほうがいいと思っている人たちは、わたしのせいで、甘い今川焼きを食べねばならぬことが不満だったらしいが、わたしはよろこんで拝領した。

世の中は広いが、司馬さんにたい焼きを買いに行かせた者は、他にはあるまいなと、いまごろ、密かにほくそえみ、そして悲しく思い出している。

送別の歌

司馬さんの葬儀の席で、隣に並んでいた田中準造が「日刊スポーツの記事に「司馬さんありがとう」という見出しがついているらしい」といった。よくぞ書いてくれた、と思う。わたしが「街道をゆく」へお供をしたこの数年間は、わたしにとって、いちばん楽しい年月だった。でも司馬さんは突然逝ってしまった。まだ何かいいたいことがあったのに、と考えていたが、今わかった。「ありがとう」といいたかったのだ。

取材先で夜になると、司馬さんの世界に酔うために集まってきた人たちもみな、ありがとうといいたいだろうし、大阪にいる谷沢永一や、藤本義一たちも、ありがとうといってるうちに泣き出してしまうだろう。

ともかく司馬さんの謦咳に接し、その恩愛につつまれたことのある者は、いま舵を失った船となってしまった。司馬さんは、われわれの感謝の声を格別うれしがりもせずに聞き流したと思うけれど、スポーツ紙の「司馬さんありがとう」というあの言葉が届いたら、司馬さんは本当によろこんだにちがいない。

あの人は功なり名遂げた人の高邁な話よりも、飲み屋で愚痴をもらす人間のかなしみに学ぼうとしていた。いわばスポーツ紙の描き出す世界からものを見ようとした。野球や相撲の勝ち負けにうつつを抜かす人間の住む庶民の世界、つまり東京でもなく京都でもなく、辺境河内の国をわざわざ選んでそこを足場にしたのは、ニュートラルな思索の定点をそこに求めたかったからだという。

五年前、産経新聞の連載だった『風塵抄』が本になった(中央公論社)。その同じときに、『月刊Ａｓａｈｉ』の連載だった『春灯雑記』が出、わたしが装丁させていただいた。そのころ平家物語を描いていたことによる連想があって、あの冒頭の言葉を思いだした。

「おごれる人も久しからず、唯春の夜の夢のごとし。たけき者も遂にはほろびぬ、偏《ひとえ》に風の前の塵におなじ」

この中に「春」と「風塵」がかくれている。あの人は、決して猛きものでも、おごれるものでもなかったのに、遂には逝くときがきたのかと思うと、いかにも当然の「諸行無常」がつれないものと思われてくる。

『春灯雑記』の中に、日本の正体はなにか、と考えるくだりがある。わたしたちは、今自分が立っている地点から過去を遠望するほかないが、歴史家は書物や証拠物をたぐって時間をさかのぼり、そこに自分を置いて考える。そうして展開する司馬史観は、つまり司馬さんの思考過程にほかならない。

司馬さんは学校をさぼって図書館へ通った子だった。だから家は床が抜けやしないかと思うほどの本で埋まっている。司馬さんはその膨大な資料のいくつかをしぼってジュースを作り、時として醸成させる。わたしたちが、おいしいおいしいと言いながら飲んでいた『街道をゆく』は司馬さんが作ってくれたジュース(もしくは酒)だったのだ。

その『街道をゆく』の絵に関わったわたしは、おもうに虎の威を借る狐だった。

狐は虎の後ろへまわる。

台湾の取材で日月潭という深山の湖に行ったときのことを思い出す。通訳の女子学生は台北輔仁大学の日本語科の、頼芳英《らいほうえい》たちである。わたしはバスの中で、女子学生に「朧月夜《おぼろづきよ》」を教えた。彼女たちは十分で覚えた。男子も一人いたか?

菜の花畠に　入日薄れ

見渡す山の端　霞深し
春風そよふく　空を見れば
夕月かかりて　匂い淡し

ところが、司馬さんはこの歌を知らないという。あの人のすきな、菜の花を歌ってるのに、といえば悲しそうな顔をして黙るのだった。(不登校児はよく聞いてもらいたい)。司馬さんは学校が嫌いで欠席がちだったからだ。しかし遊んでいたわけじゃあない。『風塵抄』の中の「独学のすすめ」をぜひ読んでもらいたい。独学とは、学校へ行く行かぬにかかわらず、独学こそ、ものを学ぶ道なのだ、と説いている。わたしも思う。試験に受かったとか、優等生だったというようなことは、長い人生ではほとんど意味がない。

そのことが悟りきれぬ狐は、「いまはかなわぬが、小学生のとき同級生だったとしたら、わしのほうが上だったかもしれぬ」とひそかに思う。(前に書いた歌唱指導の顚末については、司馬さんが台湾紀行の中に活写されている。そこまではいいのだが、その章の題名は「伊沢修二の末裔」というのである。文中には「台湾にあっては、明治時代、伊沢修二(一八五一—一九一七)という、教育の面で明治文化の宝石のような人物が、初代学務部長として活躍した。とくに音楽教育の面で功が大きかった」という文面があるではないか。わたしが台湾の女性に「朧月夜」を教えたからといって、わたしが、その末裔というわけでないことは、本を読んでもらえばわかる）。

同乗した車にゆられていくうち、王維のあの別離のうた、柳が青いとかなんとかいう漢詩のかえ歌を作って、お別れの宴で、吟じるのは名案だ、と思いはじめた。でも、どうしても思いだせない。で、「朧月夜」も覚えていない司馬さんに、「王維だったか、柳が青くて雨が降るとかいう、詩はなんとかなりませんか」と聞いた。「まてよ、それはできるかも知らんぞ」と鉛筆をしばし走らせるうち、紙片にその詩が現れたではないか。「小学生のとき同級生だったとしたら」と考えた狐がどんなに恥じたかを察していただきたい。

渭城《いじょう》の朝雨《ちょうう》　軽塵《けいじん》をうるおし
客舎《かくしゃ》　青青《せいせい》　柳色《りゅうしょく》　新たなり
君に勧《すす》む　更《さら》に尽《つ》くせ　一杯の酒
西のかた　陽関《ようかん》を出《い》ずれば　故人《こじん》無からん

司馬さんは、旧制高校時代のあの自由な青年たちがうらやましかったという。その旧制高校生たちは、別れにあたってこの詩をうたい、最後のくだりは三回繰り返して高吟するのがならいだった。ああ、あの陽関を出ずれば、もうはてしない砂漠だ、蒙古は遥か西の彼方である。しかし、そんなに遠くへいってしまったら、もうあなたを知っている人は無いんだから……、無からん無からん、故人無からん。……無からん無からん、故人無からん。……無からん無からん、故人無からん。……

威を失った狐は哭《な》くしかないではないか。ありがとう司馬さん、毎日が本当に楽しかった。

時は過ぎゆく

司馬さんとニューヨークへ行ったのは、たしか一九九二年の早春、といってもまだ寒い季節だったと覚えている。貿易摩擦からくる「日本たたき」の話題がしきりに報道されていた。町を歩く日本人が白い目で見られるという噂もあったくらいだ。

「いやですねえ」といえば「心配しないでもいいよ」と司馬さんはいっていたけれど、事実、出会う人はみんな親切で、どこへ行けば「日本たたき」という現象が見られるのかわからないほどだった。

通訳、折衝といった面倒なことは当地の平川英二さんがあたり、運転はハーレム出身のミスター・マクドナルドだった。司馬さんはみんなに「彼を呼ぶときは、ミスターをつけて呼ぶように」といった。散歩だから格別の目的はなく「マンハッタンの北端まで行ってみるとするか」という程度のことだったが、そこはマクドナルド氏が発見したと自称する貝塚のある場所だった。

司馬さんは岩山の上までのぼって景色を眺め、わたしと週刊朝日の池辺さんは低地を徘徊して碑を見つけた。「オランダ人は当地のインディアンから、マンハッタン島を六十ギルダー相当の物と交換した」という意味だぞと、なまいきに解読し合い、わたしはこれを拓本にとるなどする、たのしい毎日だった。

ある夜、ニューヨークにいる日本人を交えて夕食の席がもたれたとき、わたしは「あんなかたちで黒人暴動が発生する国は困る。わたしはアメリカは好きだがアメリカ人にはなりたくない」と口走ってしまった。(そのころロサンゼルスで発生した事件で、いまはうろ覚え。警官が交通違反のかどで黒人に暴力をふるったことによる裁判で、陪審員が無罪の評決をした。暴動が起こり韓国人の店などが壊された。……時は過ぎ、アメリカ国内の対立は昨年の暮れに無罪となって結審したシンプソンの疑惑事件にいたるが、いわば文明の悲しみが察しられて、子供の頃、どちらも親友の二人が喧嘩をはじめたとき、とても悲しかったことを思い出すだけであった)。

司馬さんは、わたしの非難めいた言い方をたしなめるかのように「無罪となった裁判の経過がもし反対になっていた場合、全国の警官は何を考えるか、全国の黒人は何を考えるか、まったく関係のない韓国は何を考えるか、陪審員の考えねばならぬことはあまりに多い。正義の法律とアメリカの実情のはざまの、判事の苦渋の選択を思えば、日本人が軽々に発言できないものがある(この文責は安野)」と、じつにわかりやすく、丁寧に話してくれた。その言葉をよーく聞けば「アメリカ人の前で失礼なことをいってはいけない」という意味にとれてくる。日本人ばかりだと思っていたその席に、顔は日本人に見えても、じつはアメリカ人がいたのだった。

平川さんは、司馬さんとは初対面だったはずだが、司馬さんは彼の生き方に憧れるほど気に入ってしまって、彼の家に行ったとき、二人の娘さんに(日本語が完全でない二世だからなおのこと)、「お願いがあるのだが、たまに、手紙をくれないか」というのだった。この家族については『街道をゆく――ニューヨーク散歩』の中の「平川英二氏の二十二年」という章にくわしい。司馬さんも、もう歳だから許すけれど、あんなきれいな娘さんに、満座の中で「手紙を下さい」なんか、ぼくには言えないな、と密かに思わないわけではなかった。

その後「ニューヨーク散歩」のスケッチ集を出すために絵を整理していたところ、枚数があまりに少ないことに気がついた。九五年の秋、わたしは、別件でニューヨークからプエルトリコへ行き、帰ってからまだ二週間もたっていなかったのに、またスケッチに行くことにした。

それは自分の歳を考慮にいれぬ行いで、ハロウィーンに行き、コロンブス・デー(コロンブスの米大陸到達記念日・十月十二日)にまた行くという状況である。だから頼みとする平川さんにすべてを託し、ハドソン川の両岸を奔走して、ようやく新しいスケッチを加えた。その結果、疲労のしるしとされる帯状疱疹が出るほどだった。

その祭日の夜、店は完全にしまっているので、平川家でごちそうになり、祭りのために帰ってきた家族の皆さんに再会した。

九四年に発刊された『ニューヨーク散歩』の終章に、平川さんの娘さんの茉莉子さんから司馬さんあての手紙が出ている。その一部に、「ニューヨークにきてから(ハロウィーンの楽しい)イメージがまるで変わってしまいました」とある。

服部剛丈君が射殺されたのは、その手紙が司馬さんのもとへ着いた月だった。

年月はこのようにして過ぎていく。

コロンブス・デーのころは、もう秋も深く木の葉はみんな散ろうとする季節である。わたしの本は『ニューヨークの落葉』という名前にした。

これを書いている五日前の二月十二日、できた本を一番先に見てほしかった司馬さんは、突然なくなった。
悲しいかな、この本は、霊前に捧げる本となってしまった。

エトルタへ行く道

一

さる三月の終り、わたしはブルターニュのポント・アーベンあたりをうろついているはずだった。

二

三月十二日から十七日まで、パリで開かれた図書展に参加したため、それが終ったあとのおまけである。

日本からは筒井康隆、大岡玲、吉本ばなな、ほか現在フランスで本が売れている人たち数人が呼ばれて行った。わたしはサイン会と、座談会くらいに出ればいいらしいので、まあ大したことはあるまいと思ってでかけたのだが、なんと驚いたことに後楽園の球場ほどの建物の中が、出品された本で埋まり、それを見に来た人でごったがえし、歩くのにひと苦労するほどだった。

今年の図書展は日本特集で、特に日本館が特設されていたが、そこでは、紙芝居が披露されたり、折り紙教室があったりして、これも大変な人気だった。

パフォーマンスということで、フランス人(が日本の風俗を現代舞踊風な衣装で表現すると、そうなるのか、という感じ)の演技者が、竹馬ほどもある高足駄をはき、思いっきり化粧して混雑の中を行く図も人目をひいていた。日本で図書展をやったとしても、こんなに読書人口があるだろうかと、心配になった。日本でたまに行われる古本市が賑わうが、パリのそれは新本から、CD-ROMの類まで集めて賑わっているのである。

三

この図書展では、たまたま堀内花子がパリにいたために、通訳などで、ずいぶんお世話になってしまった。この人は故堀内誠一の娘で、こどもの頃からパリにいるためフランス語は自国語のようになっている。フランス人ならみんなフランス語を話すのだから、フランス語さえ話せば、頭もいいと思うのは日本でのことだが、彼女は名実ともに聡明なのである。

種を明かせば遺伝と言ってもいいのだが、それはさておき、花子さんも帰国の飛行機までには数日あるから、「安野さんのスケッチに同行して、わたしもスケッチをしてこようかな」という。日本にいる路子さんに電話をし、スケッチブックなどを買い込んで、女の子のほうが、わたしのガードマンをしてくれることになった。

路子さんというのは、花子さんのお母さんであり、堀内誠一夫人である。

故渋澤龍彦をはじめパリ時代の堀内家に世話になったものはたくさんいる。パリに行くたびに、その頃アントニイにあった彼の家で旅愁を慰めたものだった。

堀内誠一は、絵本作家、グラフィックデザイナー、編集者、アートディレクターとして知られていた。たとえば女性誌『アンアン』が一世を風靡したのは、彼のセンスに負うところが大きい。しかし残念なことに早世してちょうど十年になる。いま、その記念のために仮称『堀内さんを偲ぶ本』の編集が進行中である。

四

さて、スケッチ旅行の行き先は、格別のあてもないが、ブルターニュあたりへ行こうかな、と思っていた。以前あのあたりを走っていたとき、ゴーギャンの似顔を描いた看板に二、三度出会ったことがある。そのときは、どういうわけかなという程度にしか思わなかったが、後にそのブルターニュのポント・アーベンという町に彼が滞在していたこと、画家や詩人がたくさん訪れていることや、そのほかにもおもしろい町があることなどが、いろいろと解ってきた。車はレンタカーで、すでに借りていたが、これは幸い新車で、まだ六千キロくらいしか走っていないものだった。

五

あれは、二十日頃だったか、花子さんが、お母さんの堀内路子に旅の予定を打診したとき、じつは不安なことがあった。堀内路子の姉、花子さんから見れば伯母にあたる内田莉莎子さんの容体が芳しくないという知らせである。かといって花子さんが航空券を取り替え、「急いで日本に帰っても急によくなるというものでもないし」という思案のしどころではあった。

内田莉莎子さんは、ロシア文学出身で、ポーランド、チェコ、など東欧の文学の翻訳者としては例の少ない存在として知られていた。中でも『てぶくろ』(たしか、ポーランド民話で、落ちていた手袋の中に小さなりすなどが住み着き、次第にほかの動物がやってきて、しまいには熊さんまで一緒に住むようになるという話、読んでいて手袋の大きさが変化することに気がつかないほどうまくできている)、『おおきなかぶ』(ロシア民話、教科書にまで載って、いまや児童文学の古典となっている)

などが有名である。わたしは何度も会ったことがあるが、いつまでも少女のような、とても謙虚な方だった。

ところが、不安は現実となった。花子さんのもとへ、二十二日に亡くなられたという知らせが届いた。

花子さんは、二十三日の飛行機に変更してもらって急遽日本へ帰った。

わたしは、いつもなら一人で旅をしているのだから、かまわないのだが、一週間ばかり、人まかせにしてスポイルされていたものだから、旅がおっくうになってきた。で、遠いブルターニュは止めて、セーヌ河を下り、海に出て印象派の画家がよく描いているエトルタ海岸まで行ってみようと旅程を変更した。

空港で花子さんと別れ、わたしはセーヌ河に沿った道を下った。晴天つづきだったのに、天気も崩れる気配があり、霧雨もようの空となった。

六

河口のル・アーブルという港町まで行きそこから北へ向かう。そのあたりは英国のドーバーの対岸で、地質学的な昔、そこは英国と地続きだったが、大地は裂け、互いに白い崖を露呈した。波はその崖を浸食し、崖の岩にトンネルを穿つなど、自然は思いがけぬ風景を生みだした。

そのようなことは、そこで描かれた絵を思い浮かべて言っているのであって、そのときはまだ見てはいなかった。道を探し当てて、ようやくエトルタへ向かう田舎の一本道へさしかかったのは夕方の七時ころだったが、突然わが車の音が急変し、カタンカタンと鳴りはじめた。異状が起こったのである。わたしは恐くなって、道のそばの草叢《くさむら》に乗り上げ、考えこんでみたがどうすることもできない。

もし同乗していたら、フランス語でちゃんと交渉してくれるはずの花子さんは、その頃たぶんシベリアの上空である。わたしは車に鍵をかけ、そこから二百五十メートルばかり彼方に見える民家の明りを頼りにあるき、見知らぬ家のベルを押した。正確に言えばベルは無いか、あっても見つからなかった。わたしは窓際まですすみ、窓ガラスをノックした。

アメリカで射殺された服部君のことが頭をかすめたが、さりとてこの家の人にすがる他はないのだった。

七

正直に申しあげてわたしの外国語は下手な戦前の英語だけである。通じたとしたらふしぎなほどだが、フランス人は英語が解っても解らぬふりをする、と言われているくらいだから心配この上もないが、出てきたのは三十歳くらいの人で、英語を話してくれた。わたしは、「むこうの、みちに、わたしのくるまがある。こしょうして、うごかない。このペーパーをよんで、たすけをよんで、くださいませんか」と、振り返って道の彼方を指さして見たが、すでに日はくれて、わが自動車は闇の中にかくれてしまっていた。

腹は減り、のどはからからに渇き、冷汗がでた。わたしは、ノートのはしに、レッカー車が、故障車を運ぶ図を描いた。

こんなときは、フランス語がしゃべれればいいというものではない、射殺されてもいいという、向こう見ずの姿勢のほうが語学に優先する。でもそれは負け惜しみで、もし花子さんが乗っていたらよかったのにとしきりに思った。

あとでわかったのだが、そのフランス人はJean-Jacques Hebertという方で、中遠法国公司という中国の会社に勤めている人だった。で、一番先に「会社にかけて見よう、だれかいるかもしれない、中国人は遅くまで働くからな」とつぶやいていた。でも会社にはだれもいなかった。あちこちに電話してくれて、ようやく「君は日本語は話せるか」と言いはじめた。「イエス」というと、受話器をわたしにわたした。電話の中から日本語が聞こえてきた(わたしが、この出来事を人に話すときはこの日本語が聞こえてきたくだりは省略しているので、念のため……)。その日本人はサワジという人で、レンタカー会社EUROPCARの緊急窓口とでもいうようなところで電話を受けてくれる人だった。

こんな目に会うかも知れない人のため、電話番号を書いておく。

0800-35-4000

この電話には、日本語の話せる人が二十四時間、交替でそこにいる。とても親切である。

余談だが、最近ワープロの操作にわからないところがあったので、いつでも聞いてくれと書いてある、ある日本のソフトウエアの発売元へ電話したら、がっかりするほど不親切だった。窓口の対応はその会社のイメージを作ってしまう。経営者はフランスのこの会社か、日本のJAFに行って勉強してくるといいと思う。

ついでに言うと、出版社などで留守番電話のような機械の声が聞こえてくるところがこのごろ増えてきた、あれも、とりつくしまがない、なんとかならないかな、と思っている。

八

ホテルで車を申し込んだとき、「フランスではEUROPCARが、事故などの場合の、対応がいいという説がある」と言うことで、それにしたのだが、本当だった。

日本のJAFでもそうだが、駆けつけてくれる人の態度がじつにいい。こちらが困っているときだからよけいにそう思うのか、ともかく親切な人ばかりである。サワジさんは、Hebertさんから故障車の位置を聞き、JAFのような、フランスのオタスケマンを手配し、四十五分で駆けつけるので待っていてくれ、と言った。

「もし、その場でなおらないとき、車は修理工場へ運び、あなたは、ホテルへ案内し、そのホテル代は当社が負担し、明朝タクシーがお迎えに行って、当社へお連れし、用意した新しい車に乗り換えていただけるように手配する」

そんなにしていただかなくてもいい、ただ、動く車と取り替えてくださるだけでいい。

「いいえ、なんの遠慮もいらない、そういう契約になっておるのですから」

というように話は運んだ。

わたしは、Hebertさんに深く頭を下げて、今は闇の中に動かずにいる車のところへ帰った。

やっと安心して車に積んであったバナナを一本とボトルの水をのんで、オタスケマンを待った。

九

オタスケマンは車を見て、「これは、ここではなおらない」という意味のことをいい、懐中電灯で、エンジンの部分を見せてくれた。エンジンオイルが漏れて、油の焦げる臭いがした。車はレッカー車に牽かれ、わたしは彼の助手席に乗った。方向はエトルタではなく来た道を帰り、ル・アーブルのIBISホテルへ連れて行かれた。良くあることなのかどうか、ホテルの人もとても親切だった。部屋のベッドへ倒れこんで、吐息をして時計を見たときは、九時を少しまわっただけだった。もう深夜かと思っていたのに……。

十

翌朝、タクシーが迎えに来た。彼は「日本のおくさんは、すごくいい。わたしは日本語が少し話せる。わたしは日本へ二度行った、奈良、京都、とてもいいところ」などとしきりに話した。

日本へ行った理由は、奈良の人であるところの、日本人の娘さんを、お嫁にもらうために両親にかけあいに行ったためらしい。いい嫁さんで、とても幸せだという。嫁さんの名は照子さんという、たしか中村という姓だった。名刺をもらったが、Deletre Alan という人でル・アーブルの会社に勤めている。この文章が奈良の照子さんの両親の目にとまればいいな、と思っている。

電話がわかっている。もしル・アーブルへ行って車が拾えなくて困ったら、無線タクシーを呼んでもらうといい、電話は、02–35–25–8181 である。

この人に連れられて、レンタカーの会社に行き、新しく車を借りかえたが、こんどは小さい車だった。

十一

もうすっかり疲れてエトルタへ行く気力はなかったが、折角近くまで来ているのだから寄ってみようと思って、その海岸まで行った。やはり白い崖があり、印象派の画家たちがしきりに描いた、例の穴の開いた岩がみえる。わたしは、どうしても描く気が起こらない。一般に奇岩怪石は絵にならない。奇岩がおもしろいのなら、フランスの絵描きが三陸海岸などへいったら肝を潰すのではないかと、思った。

とにかく、まあよかった、故障だから、事故をおこしたわけではないんだから、と思いかえすのだが、疲れることは疲れた。

十二

なぜポント・アーベンかエトルタかというと、ミレーなど印象派時代の絵描きがさかんに訪れ、あの白亜の海岸をいろいろと写生したため、いわば名所になったところで、そこに行けば何か昔の名残が見られるかも知れぬと思ったからだった。

「百聞は一見にしかず」という主義にかぶれているせいもあって、ラスコーの洞窟画も二度見に行った。それをアルタミラの洞窟のことと重ねて美術史の一ページをも一見したことにしようとし、そのためには内田巌の『絵画読本』(角川文庫)を読みなおそう、と考えていた。その本には冒頭にアルタミラの話がでていて、その本の圧巻の箇所でもある。

で、エトルタまで行き、何を隠そう「堀内花子は内田巌の孫なのだ」という話にして悦にいろうと思っていたのだ。

以上に、いろんな人の名前が出たが、これはエトルタへの旅にからんで「思い出す人々」を並べたものである。こんなふうに言うと「ははあ、都合よく、書いているな」と着破する方もおありだろうが、というのも内田魯庵（一八六八〜一九二九）に『新編 思い出す人々』（岩波文庫）という本があるからである。

この本は、ほとんど生きた明治文学史で、鷗外も出てくる。鷗外は普通気難しい人と考えられている向きもあるが、そんなことはないというようなことが書いてある。

「タシカ明治二十三年の桜の花の散った頃だった」。近くに行っていたので、鷗外の家はこのあたりだったな、ではひとつ、寄ってみようかと出来心で伺い、名刺を出して案内を請うと、夫人らしい人がでてきて、どんな用かと聞いた。用はないが……「そんなら立派な人の紹介状でも貰って上りましょう」と、ややぶっきらぼうに答えてツウと帰った。

その対応がいまいましいので「鷗外を訪《と》うて会わず」という短文を書いて、そのころ在籍していた国民新聞に送り、散歩から帰ってみると、訪ねて来た鷗外が、森林太郎という名刺を置いて帰ったところだった。先刻家のものが、またなにかの勧誘員だろうと思って失礼したが申し訳なかった、といって丁重にあやまりにきたらしい、津和野の人間はみんな丁重なのだ。魯庵は赤面して、国民新聞に送った原稿を、急いで取り消した。というのである。それいらい、墓石の字を書くという固い約束をとりつけるまでのつきあいになるが、鷗外の方が先に死んでしまった。というような話が沢山つまっている。

さきに書いた内田莉莎子の莉莎という名前は、この魯庵が付けたものだそうで、内田巌は魯庵の子供だから、莉莎子は魯庵の孫にあたる。すると花子さんは曾孫ということになる。

ここまで書いて、助けてくれたフランス人、Jean-Jacques Hebert という方をまた思い出す。その人の家、そこまで行く道は今も覚えている。手紙でお礼は出しているが、後日エトルタへいくような機会があったら、ぜひ訪ねて行かねばならぬと思っている。

風のかおり——江國滋のこと

そうだ、「侍従(いや、執事だったか)みたいに」生きるかな、と言ったのは彼で、冗談だったのだろうが、彼は誰の目にも政治家や軍人の対極にあった。いつも含羞《がんしゅう》の面持ちで、しんから慇懃で、配慮はいきとどき、目立たずひかえめで、なんとか影を薄くしようと心がけているな、とわたしにはそう見えた。執事だからかなりのことには辛抱するが、お殿様に問題があると見たら、じんわりと苦言を述べることもおこたらない。

絵は素人といつも自称していた。しかし「アンディー・ウォホールは、芸術とは思えない」と苦言をかくさないのは文人の目(ここでは執事の自負)があるからだ。

「パリのモンマルトルの丘でスケッチしたが、素人としては、さすがに照れくさかった」と言っていたが、この気分は本当によくわかる。わたしもモンマルトルでは営業笑いのスケッチをしたが、あそこではユトリロに見られているような気がして落ち着かない。

わたしは「素人、素人と生娘みたいなことをいうけれど、モンマルトルで寝たからには、もう素人とは言えないよ」と書いたら、おそれいりましたと返事がきた。

彼の絵に、たとえば『きょうという日に』にまとめられた一連の作品のどれにも、すがすがしく四季折々の風を感じるのは、素人玄人の別なく、彼の目の高さによるものであろう。多くはいわないが、蕪村は俳人であるまえに画家であった。

昨日から『俳句研究』に連載された「癌め」を読みかえしているが、

常どほりひゝなはすでにご出御か

の句のところまできて、また涙がでる。ここで、かれは絵描きでもなく俳人でも執事でも癌患者でもなく、あわれな親父になってしまっているのだ。彼はほんとうに娘のことを大切に思っていた。強がってみせても、わたしはちゃんと知っている。

「あんたみたいに、でれでれしている父親は珍しいよ。香織さんも、すでに一人前のもの書きなんだから、もう仕事にでたかな、などと心配することたぁないんだよ」

一年半ばかり前になるが、ミラノの街角でぱったり会ったことがある。互いに連れがあったから、やあ奇遇だな、何？　明日かえるの？　と、ゆっくり話をする暇もなくてわかれたが、あれが、最後になった。

俳句を教えてもらおうと思っていたのに。

四　作品との出会い

マーラーの風景

はじめに断わっておかなければいけないことがある。それは、ピアノとかバイオリンとかそのほかどんな類の楽曲でも(オペラは除いて)一番好きなのはどれか、と問われれば、わたしはベートーヴェンのものをあげる。昔からそうだし今も変わらない。ともかく、ベートーヴェンが第一である。

恋に例えれば「操というものがある」と、思っている。

所はウィーンではなく、あれはスイスのアッペンツェルという山の中の町だった。わたしはウォークマンを持っていたが、カセットはベートーヴェンが一つあるだけだった。そんなある日、そのアッペンツェルの町角のスーパーマーケットの入口で、売れ残りらしいテープの山を見つけた。でも、ほとんどジャズなどの知らないものばかりでクラシックといえば、チャイコフスキーの「一八一二年」と、マーラーの交響曲「巨人」の二つだけだった。日本円にして千円から千五百円くらいだったと覚えている。ともかくその二つを買って店をでた。

カセットのテープはルーマニア交響楽団というところまではわかるが、指揮者は知らないし読めない。

「巨人」はこのようにして手に入れ、スイス氷河特急という名のある電車の中ではじめてその音楽に出会ったのだった。その電車は、クールという駅から、サンモリッツまで三時間あまりの片道で、鉄道は二度も大きい円を描いてエンガーディンの谷をのぼるため、右に見えていた山が左に見えてきたりする。電車はじつにゆっくりと走るから、すぐそばの線路脇の花までよく見える。山は高く雪をいただき、緑に見えるところはほとんど牧場で、もうとてもいいつくせない壮大な風景が刻々移り変わるのだった。

そんな風景の中で聴いたのだが、ウォークマンを耳にさしこんで聴くのだから、完全に音の世界に埋まっていたと言っていい。

スイスの渓谷もそうだがマーラーの交響曲第一番の霧はじつにゆっくりと晴れ、巨大な山が姿をあらわしてくる。しばらくすると、かっこうの鳴く声が混じり、音楽の電車はゆるやかにカーブしながら坂道をのぼる。音の霧はしだいに晴れ、雨上がりのようなみずみずしい光景がうかびあがる。そして、それからそれへと音楽の風景がたちあらわれるのだが、おどろくのはまだ早く、音楽はまだはじまったばかりで、これからどんな世界につれていかれるかとわくわくしながらも、行方は電車の指揮者にまかせるほかない。

わたしとしたことが、とこれを書きながら思っている。音楽はただの横好きなので、専門的なことは何もしらない。そのわたしが、標題音楽はきらいだ、などと言うと聞き苦しいかもしれないが、例えばディズニー映画の『ファンタジア』で、ベートーヴェンの「田園」にアニメーションの絵をつけたものがあるが、あれは困った。それまでの印象を壊されたような気がしたし、ひどく説明的になってしまって、あのような先入観を与えてはまずいと常々思っている。だから、音楽の視覚的な解釈はきらいだし、恥ずかしい。

では、マーラーを聴きながら、スイスの光景を描き出す標題音楽のような、言い方はどうか、わたしは恥じるのである。でも、ともかくはじめて聴いたときはそうだったし、だから身も心も奪われたことを告白する。そして、その後もマーラーのそれを聴く度にあの風景が幻出していた。ようやくこのごろ、風景の幻像が消えて音楽だけになったのであるけれど……。

マーラーはあれ以来何度聴いたか知れない。その聴いた回数をいえば、ベートーヴェンよりもなによりも、とにかく一番沢山聴いた、もう惚れ込んでしまって、「無人島へ行くときレコードを一枚持って行くとすれば何を持って行きますか」という例の謎をかけられれば、まあ、その滞在期間にもよるけれど、「ベートーヴェンはもったいないから家に置いといて、マーラーの一番を持って行く」というのが今のところの正直な答えである。

いま、その曲を繰り返して聴きながら書いているのだが、曲は第三楽章にさしかかった、あれは、聴き覚えのある、メロディを短調に翻訳したものと思われる、そのいい気分の音を静かに消し、充分油断させておいて、いかにもだしぬけに、シンバルを爆発させる。あそこまで来ると心臓がどきんとするから、聴いているわたしも警戒して、ジャーンと鳴るときは指揮者よりも正確に耳をふさぐのである。そしていつも、あれはなんとかならんかね、とえらそうにつぶやくのである。

この文章を書くとき、以前買って読んだ、『グスタフ・マーラー』(岩波新書)を探すのだが、どこへまぎれこんだか見つからない、でも、あの本は読んだ甲斐があった。

かねてより、宿屋で生まれたものには立派な奴が多いとは思っていた。ドボルザークもボヘミヤのさる村のガストホフつまり宿屋の生まれである。マーラーも宿屋の子で、酒屋も経営していたという。

「ではお前はどこの生まれなんだ」と問われれば、「津和野のしがない宿屋の生まれだ」と答えるしかない。

「ではベートーヴェンとは別れたのか」と問われれば、「そんなことはありませんよ、操ってえものがありますから」と答えるだろう。

操が危機にひんするとき、最高に熱が上がるものだが、そんなことをここで言って見ても、経験のない人にはわからず、それが、音楽とどんな関係にあるんだ、とお笑いになるかもしれぬ。

気の毒なことだ。

彫刻家になる苦労

都庁の近くを通るとき、わたしは必ず議場の前の広場を見る。少し遠いが、舗道から見下ろして見ることが多い。そこにはブロンズの人物像がいくつも並んでいる。わたしはやや放心したような目つきで見て、その群像の中から一人だけ浮かび上がり、他はぼんやりしていく時間を待つ。浮かび上がるのは、佐藤忠良の作品である(作品と呼ぶ言い方がこのばあいふさわしくない感じがあるが)。しばらくすると、それはただのブロンズではなくなる、無論人間でもなく、たとえば森の精でもあるかのように、あたりの空気の中に匂いたつ空間の存在が見えてくる。わたしはその存在を認めた、幸福感とでもいうような気分にしばしひたったのち、その場を去るのである。

このような言い方が、群像の他の作家に失礼に聞こえるといけないなと思う。わたしにとって、忠良だけが浮かび上がるのは「彼の作品が群を抜いて優れているからではない」と言ってしまったほうが、このばあい、いいかなと思う。贔屓《ひいき》めに見るとか、特別に意識しているなどというようなことでもなく、それは、彼の作品の持つ世界に、わたしが反応する、宿命のようなもので、「どれが好きかというとこれ」というような精神の状態で、おそらく説明のできないものである。

このような言い方が、かならずしも、群像の他の作家に失礼ではないかも知れぬと思うのは、ひと、それぞれに、「どれが好きかというとこれ」と、忠良以外の作品を選ぶ方もあろうからである。

ただ、選ばれなければならぬ、という状況はだれにとっても本意ではあるまい。つまり、展示の仕方さえかえれば、わたしが「他の作品がぼんやりしていく時間を待つ」というような失礼なことを感じなくてもすむだろう。

もし、スペースがゆるされるなら、あの広場に一点あればいいし、またほかの、広い場所にまた一点置かれればいい。それは忠良でなくてもいい。しかし、もし忠良だったら、わたしにとってあの広場は、目には見えないが、しかし存在するところの、たとえば森の精のようなものが、いっぱいにひろがっている場所となるだろう。

むかし、ロダンが「ロダンの彫刻は実際の人物を石膏でかたどって鋳型をつくったものだ」と言われたという、よくできた話がある。よくできた、と断ったのは、まさかそんな批評があったというのは嘘だろう、と思うからだが、この擬似批評は逆に彫刻のあり方を実にうまくいいあらわしていると思う。肖像彫刻でさえも、モデルを鋳型にとってつくったら、おそらく変なものになる。

佐藤忠良の作品をよく見ると、実際の人物とは違う。見れば見るほど違ってきて、どうしてこんなに違うものが作れるのかと思いはじめる。

突然だが、このところ、最近亡くなった司馬遼太郎のことを考えていることが多いため、司馬遼太郎の言葉を思い出して書く。「小説は何もない空《くう》のなかに手をのばし、その空をかきまぜ、あれこれともんだり、ひねったりして、あたかも錬金術のように、やっと空のなかから形あるものを掴みだすのだ(ここの文責は安野)」というのである。

この言い方は、佐藤忠良の彫刻にもあてはまるだろう。佐藤忠良は、人間の形をかりて、人物を作っているが、その人物はもはや、人間ではなく、忠良の創造した(美意識という言い方が安易なので困るが、いまのところ手みじかに言うと、美意識の)精神の固まりということになる。洒落のようだが、精神だから、森の精という場合につかう、あの精が匂いたつのである。どうしたら、作品にその精を封じ込めることができるのだろうか。それは、つぎのエピソードから察していただきたい。

数年前、NHKテレビの取材で、佐藤さんが死ぬまで忘れることのできない、シベリアの捕虜収容所へご一緒したことがある。彼は酷寒のその収容所で三年を過ごし、そして生還した。

あれはバイカル湖のほとりだった。ロシアのテレビも、佐藤さんが来ると聞いて取材に来た。寒いので、わたしはバスの中で、本を読みながらインタビューが終わるのを待っていたのだが、するとそこへ、NHKの(だれだったか名前を忘れたが)人が走ってきて「佐藤さんがすごいこと言ってますよ」と言った。

「シベリアの捕虜の生活はきびしかったですか」と聞かれて、

「いいえ、彫刻家になるための苦労を思えば、あんなものはなんでもありません」

と、答えていたというのである。

熊谷守一の書

こどもが書いた字を「おもしろい」などという。このごろコマーシャルなどの場面に出てくる字に「下手《へた》うま」と言われるものがある。いわゆる上手な字よりも、むしろ下手に出て御機嫌を伺う字の方に好感が持てるものだが、その好感を計算に入れているな、と感じられると、下手が仇《あだ》になる。

個性を売物にしている名僧、墨客の字は、書く人の意識が見えすぎて、一時はいいが、しばらくすると鼻についてくることが多い。書ではないから話は変わるが、円谷幸吉の「遺書」は有名である。あのくらい自分の気持ちに素直に、淡々と心を書き綴ったものを知らない。あんな心境になって字が書ければ、字は「書」と呼ぶに値するようになるはずである。(人ごとではない。わたしにはできない)。

近くは、熊谷守一《くまがいもりかず》の書が好きである。彼の絵(の境地)は、あのような書の純粋さによって証明される、といったら怒られるだろうか。

彼は書家である前に画家である。わたしはいろいろその作品を見たこともあるが、やや難解で、わたしはその書のすばらしさが、絵のありかたを証明しているのだ、と思って納得している。

書だけではない。いつか展覧会で奥さまと、つまり老夫婦で碁を打っているところの写真を見たことがあるが、その説明書きに、「わたしたちの碁は、豆まきをしているようなもので……」という意味のことが書いてあった。なんという達意であろう。

ついでにかくが、碁には、石を「打つ」「囲む」「たしなむ」「並べる」「戦う」「学ぶ」などの動詞がつづくのが普通で、強いことを自慢にしている(わたしなどのようなしがない)男は、弱いものに対して「お前なんぞが、打つなどという言葉を使うのはおこがましい、ただ石を運んでいますと言え」などと、あたかも軍隊の上官のように威張り、相手を口惜しがらせてよろこんでいる程度である。そんな、手合いの中には、自分から「豆まきでして」という人はいない。

じつは、わたしもあんな達意の字が書けるなら死んでもいいと思っている。必要があって書いて見ることもあるが、心境のちがいは覆うべくもない。

よし、こんど、いつか無心に、ひたすら無心に、仙人になって世を捨てたような気になって、いっぺん字を書いてみようか、いや、「世を捨てて」などと思うこと、「気になって」などという言葉の中に(これはいわば演技だから)まだ未練の影がある。真に無心になったら、「無心になろう」と思うことすらないだろう。

まだまだ、熊谷守一の足元にもよれはしない。

日あたりのいい縁側で、碁をたしなまれる老夫婦の写真は、なんだか大雅の描く墨絵のような印象になって残っている。

「平治物語絵詞」の絵師

『平治物語絵詞』(中央公論社)を開いては胸さわぎを覚えている。

あの名品(一七〇〇頃、ボストン美術館蔵)を見たのは、昔上野の博物館で開かれた国宝展で、(藤原信頼が政敵、信西を討つための)三条殿焼き打ちの場面だった。

その頃、小納言入道信西というものがあった、後白河上皇の威光をかりて飛ぶ鳥もおとすほどの力を持って政界に君臨した。

藤原信頼という人もあった。これも信西に並ぶ実力者だったが、平治物語はこの人物をあまりほめてはいない。

そのころ後白河天皇は皇位を二条天皇に譲り院政をはじめられた。指揮系統が二つになるのを機に信西と、信頼の対立は次第にあらわになり、信頼は源義朝と組んで信西打倒の機会をうかがっていた。

一一五九年十二月四日、信西の頼みとする平清盛が熊野詣でに行った留守に、義朝の軍は院の御所を包囲して火をかけた。そこが、絵巻のクライマックスになっている。燃え上がる火の手、空を焦がす煙り、逃げまどう殿上人や女房、攻め込む軍兵、まさに阿鼻叫喚の図で、胸さわぎは、あのときわたしの心に住み着いた。絵は土佐光顕《みつあき》とも、住吉法眼慶恩の作ともいわれるが、わたしにとっては、もはや詠み人知らずである。

さしあたり、このクーデターは成功するが、早馬は清盛に急を告げ、清盛はとってかえして義朝の軍を討つ。絵は六波羅の戦いの清盛奮戦場に移る。こうして清盛は一月もたたぬうちに反クーデターに成功した。

わたしが、馬に乗った武者を描くときは、裸の馬に裸の人間をのせ、それに馬具をとりつけ鎧を着せるのだが、どうも絵巻の時代の風情にならない、こんどは逆に絵巻の武者を裸にしてみると四等身くらいで、馬も昔は小さかったという説が本当になる。また、昔の場面は映画のように写実的ではなく絵巻のほうが事実に近いという気分がわたしにはある。

そのためだけではないが、やはり平治物語の世界には追い付けない。更にこれは、眼鏡なしで描いたことに気がつく。すると、いまのわたしより若い、多く見積もっても三十五歳くらい。

あんな昔にすばらしい絵師がいたことを思って、今度は嫉妬の胸さわぎがおこるのである。

詩人の目・仏の香り

平家物語を杉本さん(杉本秀太郎、以下彼と呼ぶ)が書き、わたしが絵を描くという仕事を長年続けたため、屋島とか壇ノ浦、宮島など、平家ゆかりの地を一緒に訪ねる機会に恵まれた。

硫黄島まで船で行ったのも、俊寛のためである。往路わたしは大の字になって寝ていた。いいわけめいているが、海の中で絵を描くわけにはいかない、どんないい風景でも足場がわるいと、わたしにとっては見えないに等しいのである。

彼は船べりにつかまって海を見つづけていた。いつ薄目を開けても姿勢を変えていない。わたしはあのとき彼の秘密を盗み見たような気がした。

彼は、見るべきものを見る、穴のあくほど見る。海のような自然でもそうだが、絵や文学や音楽の場合、彼はほこりを払い、解体し、裏にまわるなどして眺めつくす。しかし国宝の修復の専門家とか、骨董屋とちがって、詩人の目で解体し、彼のあの文章で、なにごとも無かったように元にもどすのである。

元にもどすといっても、一度解体した以上は痕跡くらいは残る。かれの文章を読むものの心の中に残る。そして、そのもどす瞬間、たとえばモローの描くサロメはあたかもヴィデオテープを巻きもどしたときのように完結し、宗達の雷神は閃光の中にあらわれる。わたしは新宿の高層ビルが瞬間、唐もろこしの姿に変わるのを見せられたのである。（この言い方はきざに聞こえるかも知れないが、彼の文章を読むと、その瞬間を必ず読みとってもらえるはずだと思っている。）

彼は本来フランス文学者で『音楽家訪問』『ペレアスとメリザンド』（岩波文庫）その他の訳書がある。だから、平家物語はまるで違う世界だと思っている人もあるらしいが『徒然草』（岩波書店）は読売文学賞をもらった。

ところで、平家物語の執筆中なのに入院したという知らせを聞いた。彼にたおれられては、わたしの仕事にも差し支えるので、急遽京都まで見舞いに行った。何か手土産にと思ってもいい知恵がうかばないので寺町の薬屋で健康ドリンク剤を適量買った。その隣でお線香を買ったが、これはわたしが煙草をやめていらいの癖で、線香にこっているからである。

そのころはもう病院の外へ出てもいいことになっていたらしく、会ったのもたしか寺町のどこかの喫茶店だった。

お見舞いの品をひろげたついでに、私用の線香も見せて、いい匂いだから献呈したいが、お見舞いに線香というのはためらわれると言った。彼は好意を無にしてもまずいと思ったか、「三本だけもらう」と言い、そばにあったストローを鞘にしてワイシャツのポケットにさした。

後日、彼の『平家物語』(講談社)が大仏次郎賞をもらったとき、わたしは祝辞をのべる役となり、線香を持ってお見舞いに行った思い出をのべた。思うに仏文学者が大仏次郎賞をもらうのだから、線香は仏に似合わないでもない、と、苦しい落ちのつく祝辞となった。

人間の木地

漆芸の大西長利の作品を拝見し、お話を伺う機会があった。楕円形の深い鉢の形をとり、色も深い錆び朱で、絵や文様は何もない。これは鉢という名の彫刻と言った方がいいかもしれぬと思った。なぜなら、何かの目的のために使うより、然るべき部屋のどこかへ置くだけにしたい(自分のものでもないのに)、と感じるからである。このようにして、一つの作品がある空間を占めると、あたりには何も置けなくなるような(精神的な)大きさを持つものになることがある。

大西長利は、日常の器として使い古したお椀も見せてくれたが、その中には拭きこんで、ついには下地の黒漆が顔をのぞかせているものもあった。ふつう悪い意味で「地金が出た」などということがあるが、大西長利は剝げたとは見ない。自然のなりゆきで益々すばらしい作品になったという。

わたしは「小学生の教養」のことを書いたことがあるが、漆器の下地の木地にあたる、人間の「性格・個性」といった部分も、小学生までにほぼ完成され、その後、年月をかけ、幾重にも上塗りされて成人するのだと考えて見ることができる。

告白的に言うのだが、わたしの木地にあたるこども時代には、必ずしも性善説はあたらない。本能に対して素直だったからというのが言い訳だが、万事に好き嫌いがあり、適宜に好色で、なぜかそれを恥じる気持ちもセットで持ち合わせていた。強くなりたいが、弱いからスーパーマンや正義漢の夢をみた。自己防衛のための嘘もついたし、甘えることや、芝居をすることもあった。わがままで、ずるくて、かげひなたがあった。ほめられればうれしく、叱られれば無類に悲しかったが、それも一時間くらいで忘れた。数えれば、まだまだ反省点はあるが、純粋なところも無くはないから、まあいいかと思う。

それにしても、漆器を、拭き清めていくうちに顔をのぞかせる。あの下塗りの時代の、なんと懐かしいことであろう。

学習内容ではなく、性行の諸問題については、学校教育より、家庭教育の責任が大きい。学校生活では、こどもたちの個性や、自由を尊び、ゆとりのある学校生活を送らせる。などと言えば、いかにもいいことのように聞こえるが、それは何もしないのに似ている。

運動会で徒競走をやると、ビリが出てかわいそうだから止める、とか、忘れものをしても叱れないなどと言っていると、性悪説的なこどもはすぐにつけ上がる。わたしはつけ上がる子だったからよくわかる。だから心配になるのだが、このごろの小学校は、自由を唱えるこどもの前に無力だと聞くことがある。嫌なことは全くしようとしない子が多く、無理をすると、父兄が出てきて学校に文句をつけるという話も聞いた。

漆器を拭きこんで、木地が見えるときの美しさは、幾重にも漆が重ねてあるからである。塗りかたが少なかったら、はじめから木地が見え(精神的な)大きさを持つことがない。

五　橋をかける

こどもと本

「り・ん・ご」

咲子《しょうこ》という孫がいる。その子が見ようみまねで、ひらかなが読めるようになったときのことだ。読めると言っても、「あ」という字を見て「あ」と音を出しているという程度だったが、あるとき「りんご」と書いてみせたら、「り・ん・ご」と一字ずつゆっくり声に出してみたあと、「あ！　りんごだ！」と目をまるくした。こんどは「おかあさん」と書いてみせた。すると、一字ずつなぞって、それらの音が彼女の頭のなかで綴りあわせられ「あ！　おかあさんだ！」と、また目をまるくするのだった。

その驚きの表情にわたしは感激した。それは、こどもが字を読み、それが綴られて、言葉と文字とイメージが一つになる瞬間を見たからである。

「り・ん・ご」というただの三字を読んだとき、頭の中では「りんご」というものがイメージされた。それまで漠然としていた「りんご」という概念が文字と連動した。そして無意識のうちに、文字の働きを知った。大げさにいうと、ただの文字に過ぎないのに、それが、イメージを呼び、また「おかあさん」という文字の表す意味が、脳のどこかを刺激し、頭の中には、とても一言では言い尽くせない内容をもった「りんご」や「おかあさん」のことが、うかびあがる。

あの驚きの表情は、ものがわかったときの表情だと思っていい。なにごとによらず、およそものがわかったときは、何等かの感動とか驚きがあるはずだからである。

話が大きくなるが、そのむかしコペルニクスが、「大地のほうが動いている」と考えついたときは、文字どおり天と地がひっくりかえるほど驚いたにちがいない。(いまのわたしたちは、飛行機が空を飛ぶことには首をかしげるけれど、地球がまわることにはあまり驚かない)。

「りんご」という文字から意味(イメージ、抽象概念)を読みとった時でも、三歳の子にとっては、やはり一種の発見だという点で、コペルニクスと同じと言ってもいいと思うがどうだろう。

本に親しむ

文字は、ものの名前だけではなく、「おかあさん」が「かいものに・でかけたり」「せんたくを・している」などの動きも表し、お話にすることもできる。つまり、文字は言葉を文字に置き換えたものでもある。だから、目に見えることだけでなく、思い出すことや、おとぎばなしのような、ありもしないことまでも文字で表せる。このことがわかるまで、こどもでもたいした時間はかからない。

はじめは一字ずつ拾い読みしていたものが、だんだん文字を束にして読むことができるようになり、目と頭が連動して次第に早くなる。

文字や本に慣れているわたしたちは、文字を読むという人間の働きのことを深く考えたことはないが、たとえばピアノを弾くことを思い浮かべてもらうといい。楽譜のあのオタマジャクシを一つ一つ判読し、指がその命令どおりに鍵盤をたたいていたのでは到底音楽にはなりそうにないが、しかし、微細にみると、ひとつひとつのオタマジャクシを鍵盤にうつしかえていることにかわりはない。ただ練習によって早く弾くことができるようになっただけである。

文字も、本に親しむこと(練習)によって、より早く読めるようになり、また、苦にもならなくなる。幼児を見ているとわかるが、その進歩は目に見えるほど早いものなのだ。

こどもの時代

この早さの秘密は、いまや大人は忘れてしまった「こどもの時代」という神秘の中にある。今の言葉でいうと、こどものころにインプット（こどもの時代に覚えたこと）したものは生涯忘れないという（重大な）ことなのだ。自転車にのることも、方言も、たべものの味も、こどものころにインプットしたものは良くも悪くも終生かわらず、その人の文化になる。

わたしのことを書くと、自慢に聞こえることをおそれるが、わたしは、五歳の頃「ジンジロゲ」という歌を覚えた。それは父について、父の里へ二、三日遊んだとき覚えたもので、そのときの家や、風景や教えてくれたおじさんの顔まで思い出すことができる。

言い替えれば、長く忘れていたのに、数年前のこと、その「ジンジロゲ」がラジオから聞こえてくるのを聞いて驚いたのだ。少なくとも六十年の冬眠期間を置いて目をさましたようなものである。

おなじ経験をお持ちの方があるかも知れないから、話の種に実演してみよう。

ジンジロゲヤ　ジンジロゲ

ドーレドンガラガッチャ
ホーレツラッパノツーレツ
マードリンガ　ドンガラジョーイジョイ
シッカリカマタケ　ワーイワイ
ピラミンナパーミンナ
ジョイナーラリーヤ
アー　ジョイナラリーヤ
ウップルセード　ネーブルカーニ
ラーバーバルチルカーナ

意味はまったくわからない。あまり不思議なので、NHKの「日曜喫茶室」に出た機会に調べてもらった。さすがNHKだ。その出どころはインドの俗謡だということで、実際にラジオで聞かせてもらったが、先にかいたことばの羅列とあまりちがわなかったのだ。

「橋をかける」とき

最近話題になっている美智子皇后さまの講演記録・子供時代の読書の思い出『橋をかける』という本は、本のことを考える上で、たいへん示唆に富んでいる。

その一部分を抜粋しよう。

生まれて以来、人は自分と周囲との間に、一つ一つ橋をかけ、人とも、物ともつながりを深め、それを自分の世界として生きています。この橋がかからなかったり、かけても橋としての機能を果たさなかったり、時として橋をかける意志を失った時、人は孤立し、平和を失います。この橋は外に向かうだけでなく、内にも向かい、自分と自分自身との間にも絶えずかけ続けられ、本当の自分を発見し、自己の確立をうながしていくように思います。

やさしい言葉で語られているけれど、これは深い思索から生まれた言葉である。

以下は、わたしの解釈だから、皇后さまの考察とは違うかもしれないことをお断わりした上で、書いてみる。

「橋をかける」のであり、「橋をかけてもらう」のではない。

「橋をかけて」未知の世界の何かを見つけ、何等かの驚きを持って帰ってくる。（驚きを伴わぬときは真に解ったことにはならない）。

先生は「橋をかけてくれる」、テレビも「橋をかけてくれる」。そして、とても一人では見つけられないものを見せてくれるが、「橋をかける」のとは、どこかがちがう。

「橋をかけてもらう」と、苦労はないが、発見したという驚きは少ない。

かといって、現代はいつも、自分から「橋をかけて」ばかりいたのでは能率が悪いから、そのために、学校がつくられた。

しかし、率直に言って、学校教育は大学の入学試験に収斂《しゅうれん》していくという現実が目の前にある。

このため、教育は万人の願いを他所《よそ》に、いわゆる「知識偏重のつめこみ教育」という傾向が生まれ、その反動だろう、「ゆとり」のある教育を！という声が大きくなった。わたしもそれを願う。だからといって教育内容のレベルを下げることで足りるとは思えないが、教室の定員を減らすとか、五日制を導入する、教科書を薄くする？など、物理的な改革がなされつつあると聞く。それなら、学校の図書館などで自由に本を読む時間がとれるだろうか。

「本を読む習慣さえつけておけば、後はなんとかなる」……これはわたしの信条なのだが、その習慣は、方言にも似て、あるいはピアノの練習のように、こどもの時につけなければ、身につかないのだが……。

しかし、悲しいかな、本を読む子はずいぶん少なくなったという。

脳細胞も「橋をかける」

さて、わたしの拡大解釈だけれど、頭の中の脳細胞も「橋をかける」と考えてみることができそうだ。

いま、脳のモデルとして、脳細胞がアルファベットと同じく二十六個あるとしよう。ラビットを認知したとき「rabbit」と六個の脳細胞がつながり、ラビットを認識し登録する(このあたりはワープロの単語登録に似ている)。そうして脳細胞がつながると、こんどから rabbit という信号がくると、いつもラビットを思い浮かべるというわけである(ここのところは、こどもが言葉やスペルを覚えるしくみと同じだ。文字を読むことがどんなに大切かという例でもある)。

わたしはゴマンとある脳細胞の一つ一つがそれぞれ記憶を受け持つのかと思っていたが、それでは記憶はゴマンでおしまいになる。

二十六個のアルファベットでも殆どのことは言い表せるのに、脳細胞は無数にあるのだから、無数の脳細胞の組み合わせは、もう天文学的で無限と言っていい。

以前、国語教育の研究者としてよく知られている大村はまさんと対談したとき、大村さんがおもしろいことをいわれた。

大村「亡くなられたけれども、脳医学の時実《ときざね》先生（時実利彦）とご一緒したことがありまして。（中略）大村さんなんかが教えるようなことは、だいたい大人になってから全部どうでもいいことになっちゃう。と、おっしゃる。脳細胞がつながらなければいけないのだが、つながるためには、考えることが大切なんだ。考えつづけに考えさせた人が一番良い先生なんだ。すぐ答えを言っちゃうと、そこで考えが止まっちゃう。止まると脳細胞がつながらない。つながらない脳細胞はないのも同じなんだって、そうおっしゃったことがありましてね。」

脳の中はワープロなどのように簡単なものではない。時実先生のいわれるように、脳細胞は考えるという刺激によってつながる。

最近読み返した森鷗外の「心頭語」という著作のなかに、大意で「老人は記憶を語り、青年は希望を語る」というフレーズがあったから、ここでは、それを借り、過去と未来を対応させて考えることにしよう。

記憶と創造力

脳細胞は名詞や動詞など、過去に知り得た言葉を記憶するためにつながるが、それだけではない。匂いや、色や、手触りや、言葉にしにくい海山の風景でもつながって反応するようになる。どちらかといえば、こちらは、テストの対象になりうる。

わたしは「おもしろい映画を見た」という夢を見て目が醒めたことがあるが、その映画はわたしの頭の中のできごとなのだから、ほかでもない、わたしが作った映画ではあるまいか。ことほどさように人間は夢を見ることからも想像されるように、まだ見たこともないお話や、未来のできごとさえも思い浮かべることができるが、それも、脳細胞のつながりかた（その太さ、強さ、弾力）のせいだ、と思うほか無い。普通これを創造力とよび、いわゆる知識と区別して考えられている。

そして、質や量の違いこそあれ、創造性のない人は無いと考えておいていいが、テストの対象にするのはむつかしい。

この創造性をのばす教育の方法はないものか、というのが一つの懸案だった。あきらめるのは、まだ早いが、人の夢を操作することができないように、人の創造性をのばす方法はとても難しく、今のところ確実な方法は見つかっていない。

でも、もしかすると、「夢を見るしかけ」とでもいうような、脳細胞のつながりが、脳の中に形成されてはいないだろうか。だれでも夢を見るのだから、そうかもしれないし、そうだとほんとうにいいのだが、ただ、はかない夢と、現実の芸術的な夢とを識別するための脳細胞のつながりも、用意されていないと、ただの夢想家に終わってしまう。

そのような意味からして、そもそも、あの「橋をかける」のは誰か、「まず橋をかけよう、と思いたつ刺激のもとは何か」。他でもない、脳の中に「橋をかける働きを持つ、細胞のつながり」があるのではないだろうか。そしてそれは、皇后さまの講演の中にあるような「橋をかける」あの営々たる努力、時実先生が言われるように「考えつづけに考える」ことが、「橋をかける働きを持つ脳細胞（創造性）」を育てているのではないだろうか、と思えてくる。

本の中の世界

本の中の世界というものがある、と考えてみることができる。そこは現実ではなくて、文字

(最近は写真・絵・図もふくむが、基本的には文字)の世界である(同じ文字の世界でも手紙・私信・公文書などの世界はちがう、それはなぜか、これは宿題)。

ついでに言うと、本に対して、このごろはテレビの中の世界も考えられそうだ。そこもおもしろいけれど、本と違うところは、自分から積極的に「ものごとを考える国」ではないことだろう。それにくらべて、本は文字でできている。いいかえれば「考え」の集積でできている。だから、テレビに比べて抽象の度合がはるかに高い。「考える国」といっているのはそのためだ。

森毅《つよし》という数学者がいる。かれは東京の大学を出たが京都の大学の先生をしていたから関西弁だ。わたしは絵描きだから、年齢が近いということ以外に彼とおなじところは少ない。六十年近くも別のところで暮らしたものが、以前一度会っただけなのに、夜を徹して「数学大明神」という本ができるまで、しゃべりまくったのは、わたしに数学がわかり、彼は絵がわかるといったような直接的な問題ではなく、互いに本の世界に住んでいたため、共通にものを考える言葉があったということだと思っている。

本の世界は文字だから、時間(昔の本、今の本)空間(外国の本、自分の国の本)を越えてなりたっていて国境がない。現実の世界でも本は税関で税金をとられはしない。

また、この国は出入国も自由で、大学のように入学試験や、資格審査、年齢制限もないし、身体障害なども問題にならない。いや障害があったら、(いまのところは)本の世界のほうがよくはないだろうかと思うほどだ。

ついでに書くが、最近わたしの『絵の迷い道』(朝日新聞社)という本の録音を、視覚障害者のために許可して欲しいといってきた。目が不自由でも絵のことがわかるのか、と思ってはじめは驚いたが、できてきたテープを聞いているわたしは目をつむっているのだった。つまり本の中はそのまま頭の中でもあるのだから、視覚、聴覚その他に障害があろうとも、頭さえあればその世界で平等なのだ。

いま、「その世界で平等だ」と言った。本来は障害があろうとなかろうと、人間はどこにいようと平等のはずだ。それを教えてくれるのは他のだれでもない。自分の頭の中で、自分の力で紡ぎだした自尊心である。

そんな自由の国は他のどこにもない。

読書で生きる時間

むかしラジオで聞いた筋ジストロフィーの少年が「今のうちにたくさん本を読まないと間に

あわないんだ」と言った声を忘れない。むかしベストセラーだった波多野勤子《いそこ》の『少年期』（学陽書房・女性文庫）にも同じような話がある。空襲の最中にお父さんが本を読んでいるのを見て、こどもの一郎が、空襲で「いつ死ぬかわからないのに、今さら本を読んだって仕方がないでしょう?」と聞く場面がある。

「一郎は自分が死ぬまえに五時間でも十時間でも、よけい寝たほうがいいと思うかね。わしはそう思わんね。いつ死ぬかわからない、だからこそ、せめて生きているあいだに読めるだけ読んでおきたいね。ほら、死ぬまえにどうしても読まなければならない本がまだ三冊もある。ねてなんか、いられないよ」

そう言って風呂敷包に軽く手をあてると、また本を読みはじめられたのです。

いいかえれば、本を読んで人生を充実させる。それは人生が二倍にも三倍にもなることだから、こんなにいいことはない。

本は先人の経験の蓄積だから、その経験の上に自分の経験を加えることができ、先人の失敗を踏襲しないですむ。文明は、こうした書物の積み重ねで進歩した。近代になるにしたがって文明が急速に進歩あるいは変化したのも書物のためだと言っていい。

例をあげればきりがないので、思いつくままにあげるが、わたしたちに、不撓不屈《ふとうふくつ》の精神を教えてくれた『アルプス登攀記《とうはんき》』(ウィンパー、岩波文庫)、少年期を思い出させてくれて、あんなに美しい生き方があったのか、と反省させてくれる『銀の匙』(中勘助、岩波文庫)や『君たちはどう生きるか』(吉野源三郎、岩波文庫)、『デミアン』(ヘルマン・ヘッセ、岩波文庫)なども、必読書のひとつであろう。

本は高い、という人があるが、読まずに枕にするのなら、高いかもしれない。でも、読めばあんなに安いものはないだろう。だいいち寝ころんだまま『コロンブス航海誌』(岩波文庫)の経験を知ることができるし、『人間の絆』(サマセット・モーム、新潮文庫)によって、障害を持っていても果敢に人生を切り抜けていく姿に共感することができれば、お金のことなんか言ってはいられないではないか。喫茶店でのむアイスクリームより安いくらいだ。

やはり本をあげればきりがない。本は山ほどあるから、自分で選ぶのがいちばんいいが、話題になっている美智子皇后の著書『橋をかける』は皇后の読書体験についてしみじみと書かれている。いま読むには一番いい本だと思う。

教師は、自分がじっとしていても、手とり足とりして教え、導いてくれる。しかし教師は創造性を教えることはできない。

本は、自分が働きかけなければ、何もしない。そのかわり、自分が働きかけさえすれば、教師にできなかったこともできる。つまり本は創造的な表現について目をひらかせてくれる。なぜなら、人に頼らず、自分で考え、自分で実行しているからなのだ。

読書が養う力

わたしは「本を読む習慣さえつけておけば、後はなんとかなる」と考えていた。「後は」というのは、なにかの疑問にぶっつかったとき、入試に失敗したとき、失恋したとき、体に障害を持ったときなどだ。

そんなときはあせらないで、まず、しばらく時間をかけて悲しみのとおり過ぎるのを待つ。かならず時間が過ぎる。それがすんだら、ゆっくりと立ち上がって、書店か、図書館などの、あの本の世界に行ってみるといい。

それはとりもなおさず、自分でしっかり考えて、悲しみを喜びに、不幸を幸せに、劣等感を自尊心にかえることなのだが、そうしたことは神だのみや、身の上相談では本当の解決はない。

まさしく自分の力で「橋をかけ」て対岸へ渡ることしかないのだ。

本の世界つまり頭の中には、「あきらめ」「希望」というような脳細胞のプログラムが、ながい時間をかけて用意されているはずだ。それらはおそらく「幸せ」な日々よりも「悲しみ」の折々に脳細胞をつなぐ作用がなされた結果だと考えていいと思う。

『橋をかける』の中の「でんでんむしの悲しみ」のあたりを読んでみよう。

まだ小さな子供であった時に、一匹のでんでん虫の話を聞かせてもらったことがありました。不確かな記憶ですので、今、恐らくはそのお話の元はこれではないかと思われる、新美南吉の「でんでん虫のかなしみ」にそってお話いたします。そのでんでん虫は、ある日突然、自分の背中の殻に、悲しみが一杯つまっていることに気付き、友達を訪ね、もう生きていけないのではないか、と自分の背負っている不幸を話します。友達のでんでん虫は、それはあなただけではない、私の背中の殻にも、悲しみは一杯つまっている、と答えます。小さなでんでん虫は、別の友達、又別の友達と訪ねて行き、同じことを話すのですが、どの友達からも返って来る答は同じでした。そして、でんでん虫はやっと、悲しみは誰でも持っているのだ、ということに気付きます。自分だけではないのだ。私は、私の悲しみをこらえていかなければならない。この話は、このでんでん虫が、もうなげくのをやめたところで終っています。

あの頃、私は幾つくらいだったのでしょう。母や、母の父である祖父、叔父や叔母たちが本を読んだりお話をしてくれたのは、私が小学校の二年くらいまででしたから、四歳から七歳くらいまでの間であったと思います。その頃、私はまだ大きな悲しみというものを知りませんでした。だからでしょう。最後になげくのをやめた、と知った時、簡単にああよかった、と思いました。それだけのことで、特にこのことにつき、じっと思いをめぐらせたということでもなかったのです。

しかし、この話は、その後何度となく、思いがけない時に私の記憶に甦って来ました。殻一杯になる程の悲しみということと、ある日突然そのことに気付き、もう生きていけないと思ったでんでん虫の不安とが、私の記憶に刻みこまれていたのでしょう。少し大きくなると、はじめて聞いた時のように、「ああよかった」だけでは済まされなくなりました。生きていくということは、楽なことではないのだという、何とはない不安を感じることもありました。それでも、私は、この話が決して嫌いではありませんでした。

もういちどくりかえす。
本を読む習慣さえつけておけば、後はなんとかなる。

（『橋をかける――子供時代の読書の思い出』美智子著、すえもりブックス）

麦畑をわたる風

奇縁

その道は田舎の道に似ていた。玉砂利を踏んですすむ神殿の道などではなかった。昭和天皇は自然を大切にされたそうだが、御所の中には雑草も生えていたし、落ち葉も少し見え、梢には鳥も来ていた。森に行くと、木が倒れて暖かい日溜まりができていることがあるが、あの日溜まりの中にいるような気がして、緊張がほぐれていくのがわかった。

世代ということもあって、わたしが御所に伺うときは、たとえば、平忠盛が昇殿を許されて伺候するときの、昇殿という言葉を思い出さぬわけにはいかない。

あれは、四年ばかり前、まだ司馬遼太郎さんがお元気で、『街道をゆく』のため、三浦半島を取材し、横須賀のホテルに泊まっていたときのことだった。わたしが「明日は御所に伺うことになっているのだが、着ていくものを持ってきていない。まさかジーパンというわけにはいかないし……」と言えば、居あわせた無責任な連中が「そんなことはない。安野さんが正装していったら、かえって変なものになる」などと言った。儀式に参列するのではないから、そんなときは普段着のほうが「自然」を貴ぶ趣旨に合っているかな、とわたしも思いもしたが、司馬さんは（皆は何を考えているんだ、身なりを整えていくのが礼儀ということが、まだわからんのか、という言外の意味をこめて）、「ネクタイをしめていきなさい」とひとこと言った。みんなは黙った。

わたしは一度、家へ帰って着替え、ネクタイをしめて出かけた。

その日は、皇后さまによる、まど・みちおの詩『どうぶつたち』の英訳が本になったことの（われわれがよくやる反省会のような）皇后さまの心づくしの茶話会だった。

編集にかかわった島多代（日本国際児童図書評議会理事）、版元の末盛千枝子（すえもりブックス主宰）の二人も一緒だったから少し安心した。

もとはといえば、日本国際児童図書評議会（ＪＢＢＹ）が、一九九〇年度の国際アンデルセン賞の候補として、まど・みちおを推薦することになり、その詩の英訳が必要になった。

そこで末盛千枝子の言うには「詩の翻訳は、詩人にしかできない仕事で、この仕事をお願いするのは、ご自身も優れた歌人であり、子どもの本に造詣の深い皇后さましかないという、無謀とも思えるような結論になった」「しかも、JBBYには、この翻訳に対してのお礼の予算もなく、日本の詩人を世界に知らせるためのボランティアの仕事といってもよいようなお願い」をした。

このようなお願いは、どんな出版社もしない。「無謀とも思える」どころか、これが、「もし前例になったらどうしよう」と考えるのが普通なのだが、二人は前後もわきまえずに、お願いをしてしまった。島多代は、聖心女子大の同窓として、美智子皇后の下級生にあたり、学生のころからすでにお世話になっていたらしい。部活動か何かが一緒だったと聞いたことがあるが、例えば応援団ほどの結びつきがあったとしても、無謀なお願いはしないものだが、しかし、結果として完璧な英訳が生まれることになったのだから、何も言えない。

わたしにとっても、あの『どうぶつたち』は奇縁だった。以前「まど・みちお詩、安野光雅え」という本をこしらえようと二人が相談して、さる出版社に話したところ、「詩の本は売れません」と簡単に言われて、話がしぼんでしまったことがあったからだ。

まど・みちおの詩と英訳を読んでみよう。

シマウマ／ZEBRA

手製の／In a cage
おりに／Of his
はいっている／Own making

島・末盛のお二人も、実は、まど・みちおが、わたしの家のオクサマのイトコだ、ということは知らなかったのだ。わたしは、永年の懸案を一度にすませることになった。

その奇縁につづいて『ふしぎなポケット』の英訳が出版されたが、その後『橋をかける』という名著が誕生することになろうとは、だれも思ってもみないことであった。

恋歌

はじめての御所での茶話は、はずんだ。あのとき、「このごろ新聞の日曜版の〝いわせてもらお〟を読んでいますけど、あれはほんとうにおもしろいですね」と言われた。

「そうですか、あれもおもしろいけど、それならば」と、わたしは膝をのりだし、「朝日新聞の日曜版では「俵万智と読む恋の歌一〇〇首」という連載がはじまります。あれもぜひ読んでください。絵はわたしが描いています」と申し上げた。

「読みます……恋の歌はいいですね」と言われた。が、そこは歌人としての皇后のお言葉である。あえて知ったかぶりの注釈をつけるが、昔から歌集を編纂するときは春歌、夏歌、秋歌、冬歌、賀歌、それに恋歌、雑歌、ほか、などとグルーピングして編むしきたりがある。そうした恋歌のジャンルという意味である。

あのころ新聞に載っていたから、きっと皇后さまもお読みになったと思われる歌(連載の一回目と二回目の歌二首)をあげてみよう。

全存在として抱かれいたるあかときの
われを天上の花と思わむ
道浦母都子

きみが歌うクロッカスの歌も新しき
家具の一つに数えむとする
寺山修司

あのとき百人一首の話になった。わたしは在原業平朝臣の歌を、と申し上げたら、むろん知っておられた。

千早ふる神代も聞かず竜田川
からくれなゐに水くくるとは

が、しかし落語の迷解釈はご存じないふうだった。で、この歌について、「わたしの教養のあるところをご進講したいが、ためらうところもありまして」と申し上げたところ、「わたしはかまいませんよ」と言われた。

「むかし、あるところに竜田川という力士がおりまして、これが千早という遊女に思いを寄せますが、彼女には振られ、こんどは神代という遊女に言い寄りますが、これも聞き入れてはもらえず……力を落とした竜田川は相撲をやめ、田舎へ帰って豆腐屋をはじめます。と、月日のたつのは早いもので、そのうち、(年をとって)店をやめ、旅に出た千早と神代がおなかをすかせ、竜田川の店とも知らずやってきまして、豆腐のからでも恵んではいただけますまいか、などと言います。見れば、姿こそ変われ、忘れもしない千早と神代、恨みも残っておりますから断ります。つまり「からくれない」に絶望して「水くくる」、つまり入水にいたるというわけで……」

と、その顚末を講釈してしまった。

皇后さまは、笑いをこらえておいでになったようだが、緊張して語る落語の受け売りだし、大声をあげて笑うというようなことはなさらなかった。

司馬さんが言ったように、ジーパンなんぞで行かなくてよかった。

美智子皇后は、霞を思わせる清楚な和服をお召しになっていた。窓の外は若葉、わずかに風があった。しばらくして梅酒のかたまりのような涼しげなお菓子がでた。またしばらくして、お茶とお菓子がでた。このときのことを言うために、まど・みちおの詩を借りることにしよう。

クジャク

ひろげた　はねの

まんなかで
クジャクが　ふんすいに
なりました
さらさらさらと
まわりに　まいて　すてた
ほうせきを　見てください
いま
やさしい　こころの　ほかには
なんにも　もたないで
うつくしく
やせて　立っています

美智子皇后の英訳は、アメリカの児童書の大先達であるところのマーガレット・マッケルダリー女史の手で海外でも出版されることになり、これまで知られることの少なかった、まど・みちおの詩が海外の読者の反響を得た。絵はともかく、詩はなにしろ翻訳しなければ通じない。

「柔軟かつ端麗なことばで謡うことの出来る見事な英語力」だと米国学校図書館誌は書いた。
そして、まど・みちおは日本人として初めての「アンデルセン賞・作家賞」を受けた。賞はそれだけではなかった。今年一月に発表された朝日賞の中に、まど・みちおの名前があった。

うさぎ

うさぎに　うまれて
うれしい　うさぎ
はねても
はねても
はねても
はねても
うさぎで　なくなりゃしない

うさぎに　うまれて

うれしい　うさぎ
とんでも
とんでも
とんでも
くさはら　なくなりゃしない

RABBIT

Being a rabbit,
I'm so happy,
Jumping
Jumping
Jumping
Jumping.

See, I’m a rabbit—nothing else！

Being a rabbit,
I’m so happy,
Hopping
Hopping
Hopping
Hopping.
See, my field has no end.

「見てよ、わたしの野原に、はしっこはないでしょ！」、それは「わたしの夢に終わりはない」とも読める。

『瀬音』から

あれは平成九年、初夏のころだったと思う。末盛千枝子から、一冊の歌集を渡された。箱入りで、枯れ草色の紬の布につつまれた表に「瀬音」の題字が押されていた。それは美智子皇后の歌集だった。無言のうちに配慮をこめて、それは下しおかれたものである。

冒頭の歌は昭和三十四年とある。

黄ばみたるくちなしの落花《らくくわ》啄《ついば》みて
椋鳥《むくどり》来鳴く君と住む家

椋鳥は冬の鳥ではないし、くちなしも冬には咲かないのに、あの本の明るい装丁が、まだわたしの心に残っているからであろう。わたしには霜柱の立つ林の中が思い浮かぶ。

これから先の運命を見据え、襟をただして立つ人の粛然とした思いが伝わってくる。歌集のグルーピングとして強いて分ければ、これはおそれおおくも恋の歌である。

昭和三十四年を年表で見ると、安保条約改定阻止第一次統一行動などとある。

ご成婚の儀式が行われたのは、その年の四月十日だった。その模様はテレビその他でくわしく報道された。あのとき皇室は、報道の上でも開放されたと言っていい。それを見た人はみんな美智子妃の美しさをわがことのように思って誇りとしたものだ。

宮本三郎が『アサヒグラフ』に描いた儀式の油絵によるスケッチが今も印象に残っている。
昭和三十五年には、めでたく浩宮がお生まれになった。

含《ふふ》む乳《ち》の真白《ましろ》きにごり溢れいづ
子の紅《くれなゐ》の唇生きて

昭和三十七年には浩宮は二歳、二歳の子なんて一日じゅう見ていても飽きないほどかわいいものだ。その年、熊本県慈愛園子供ホームを訪ねられたときの歌。

吾子《わこ》遠く置き来《こ》し旅の母の日に
母なき子らの歌ひくれし歌

昭和四十九年

思ひゐがく小金井の里麦の穂揺れ
少年の日の君立ち給ふ

小金井公園には、天皇が皇太子であられたころの、疎開先の建物がいまも残っている。天皇はそこで過ごした少年時代のことをとてもよく覚えておられると聞いたことがあるが、あの公園はわたしの家から七分ばかりのところである。いまも緑がいっぱいだが、むかしはやや荒れていて、かえって自然のおもかげがあった。この歌は折にふれて思いだされる天皇の少年時代の心の風景を思っての御歌であろう。

平成元年十二月二日、金星蝕を見ぬ

金星を隠しし月を時かけて見たりき
諒闇《りやうあん》の冬の夕べに

わたしは、あの金星蝕を下関美術館の人たちと見た。日本中には見た人も多いだろう。

平成五年

梅

婚約のととのひし子が晴れやかに
梅林《ばいりん》にそふ坂登り来る

皇太子婚約内定
皇太后陛下御誕辰御兼題

この御歌には、さぞかし万感の思いがおありだっただろう。

そして今年、ご成婚の日から、早くも四十年がたった。この場をかりて、こころから、お祝いを申し上げます。

ヘルペスの痛み

四十年という年月なら、いろいろなことがおこるから、幸せな日々ばかりとは限るまい。心ないマスコミの視線にさらされ、真情を披瀝する機会を持てなかったお立場を、わたしたちはただ、お気の毒にと思うほかなかった。

そこで思ったのだが、だいぶ前から携帯電話がはやりはじめていた。で、お目にかかった折、「携帯電話をお持ちではありませんか、もしまだでしたら、ぜひおためしになっては……」

と言ってしまった。

言外の気持ちはこうだ。携帯電話があれば、だれはばかることなく、お里にかけることもできるし、友達にかけることもできる。外からかからぬようにすることも簡単だ。失礼ながら、これは子を持つ親の心境で言っているのだ。と……瞬間にそれだけのことを考えたが、しかし、まさか皇后さまが、それを買いに行くわけにもいくまい。お使いに行ってもらったのでは価値が半減するし、電話料金の支払いはどうするのか、という問題も残る。そこで、さしあたりは、「わたしの携帯を差し上げてもいい」と申し上げた。「まあ、料金の請求はわたしのところへ回ってきますが、皇后さまが使われるくらいの料金ならなんでもありません。（ちょっと考えて）でも海外にかけられると、かなり高く請求されますけど」と言ったら、「海外もかけますわよ」とひとこと言われた。

「そうでしょうね、じゃあ考えなおさねば……」と言ってしまったけど、なんとケチなことを言ったんだろう、いいじゃないか、朝晩海外にかけられたって、それで皇后さまの気が晴れるなら嬉しいし、電話代でわたしが破産したのなら本望というものではないか。ああ、あのとき、「どう使われてもいいから、この携帯を差し上げます」と言えばよかったと、いまはしきりに悔やまれる。

近くはヘルペスの痛みに苦しまれていることが新聞から伝わってきた。わたしはここでも書いたように、その二年前、腰に出たヘルペスの痛みに苦しんだことがある。

いつかまたお目にかかるようなときがあったら、「ヘルペスの痛みはほかの人にはわからないものだ」という「悟り」について、感想をうかがいたいと思っている。あのとき、わたしは島多代に「絶対に治りますから耐えてください」と伝えてほしいと言っておいたのだが、伝わったかどうか、この、名医のような言い方は、私が世話になった静岡の伊東病院のお医者さんが、わたしに言った言葉である。

「ヘルペスの痛みはほかの人にはわからないものだ」。ヘルペスだけではない、「差別とか、失恋など、心の中の痛み、あるいは自分の子がかわいいというようなことは、ほかの人にはわからないのかもしれない」と、それはわたしが、ヘルペスの痛みを代償にして得た悟りだった。

橋をかける

わたしが、皇后さまの講演をテレビで伺ったのは、イギリスから帰って四日目、まだ時差ぼけがとれないときのことだった。外国にいたせいもあって、講演のこと、それがニューデリーで開かれている国際児童図書評議会に向けてのもので、「子供時代の読書の思い出」というテーマであることも、なにも知らずに、わたしはテレビのスイッチを入れたのだった。しばらく聞いていて、わたしは居住まいを正した。皇后さまは、こんなにきちんと話されるのだ、あの丁寧な言葉が聞くものの心にしみこんでくる。聞き耳をたてるわたしは、なぜか麦畑を吹きぬけていく、風の中にいるような気がしていた。

のちに英語の講演も聞いた。それはわたしにはよくわからなかったが、口の悪いデーブ・スペクターがその英語を絶賛していたところから考えても、すばらしい講演だったことが知られた。

皇后さまの声を聞くわたしたちにとっては、(四十年の沈黙をやぶって、本当の声を聞くことのできた)記念すべき講演であった。

考えてみると、四十年の間、話されたことが完全な形で伝わってくる講演のような例はなかったのだ。

それは、大変な反響だった。ＮＨＫには、たくさんの声が寄せられた。『橋をかける』の一部分を抜粋しよう。

生まれて以来、人は自分と周囲との間に、一つ一つ橋をかけ、人とも、物ともつながりを深め、それを自分の世界として生きています。この橋がかからなかったり、かけても橋としての機能を果たさなかったり、時として橋をかける意志を失った時、人は孤立し、平和を失います。この橋は外に向かうだけでなく、内にも向かい、自分と自分自身との間にも絶えずかけ続けられ、本当の自分を発見し、自己の確立をうながしていくように思います。

やさしい言葉で語られているけれど、これは深い思索から生まれた言葉である。子供時代の読書とは何だったのでしょうと、お話は続く。

何よりも、それは私に楽しみを与えてくれました。そして、その後に来る、青年期の読書のための基礎を作ってくれました。

それはある時には私に根っこを与え、ある時には翼をくれました。この根っこと翼は、私が外に、内に、橋をかけ、自分の世界を少しずつ広げて育っていくときに、大きな助けとなってくれました。(中略)

自分とは比較にならぬ多くの苦しみ、悲しみを経ている子供達の存在を思いますと、私は、自分の恵まれ、保護されていた子供時代に、なお悲しみはあったと言うことを控えるべきかもしれません。しかしどのような生にも悲しみはあり、一人一人の子供の涙には、それなりの重さがあります。私が、自分の小さな悲しみの中で、本の中に喜びを見出せたことは恩恵でした。（中略）

悲しみの多いこの世を子供が生き続けるためには、悲しみに耐える心が養われると共に、喜びを敏感に感じとる心、又、喜びに向かって伸びようとする心が養われることが大切だと思います。（後略）

わたしは、あの講演を聞いていて、麦畑の上を吹く風の中にいるような気がしたことは前に書いた。

『橋をかける』の装丁の話があったとき、わたしは深く考えもせず、麦畑を描こうと思った。穂の出ない、まだ子どもの麦の畑と、そこをわたっていく風……。

不思議な偶然だが、美智子皇后が、あの講演をなさっているとき、胸に麦の穂のブローチをつけておられたことを知ったのは、ずっと後のことである。

わたしはいまでも目をつむると、野を分けていく風を見るような気がする。

初出一覧

故郷へ帰る道(書き下ろし)
魚の目(書き下ろし)
ぼくたちの葬式(「山河憧憬」「昔日」NHK放送ナレーション)
秘密(書き下ろし)
弟よ(『図書』二〇〇〇年四月)

灰と万年筆(『萬年筆物語』丸善)
白熱電球(『ONLY YESTERDAY——1893-1993』モービル石油、一九九三年)
蝿取り銃(『ファイナンス』大蔵省広報』一九九三年一〇月)
香具師の口上(『日本経済新聞』一九九八年四月二二日)
おから(『FOODEUM』一九九三年春)
裏返し(『日本経済新聞』一九九八年六月三日)
初心の絵(書き下ろし)
線香(『THE TAKASAGO TIMES 114』一九九四年)

蓮華雪降る（『月刊　バンクカード』一九九三年一〇月）
恩師（『わが師の恩』朝日新聞社、一九九二年）
司馬さんの最後の言葉（『週刊朝日』一九九六年三月二二日）
たい焼きの夜（『芸術新潮』一九九六年八月）
送別の歌（『週刊朝日』一九九六年三月一日）
時は過ぎゆく（『一冊の本』一九九六年四月）
エトルタへ行く道（『学鐙』一九九七年七月）
風のかおり――江國滋のこと（『新芸術新聞』一九九七年）

マーラーの風景（「第36回くらしきコンサートプログラム」一九九五年）
彫刻家になる苦労（『季刊　銀花106号』一九九六年）
熊谷守一の書（書き下ろし）
「平治物語絵詞」の絵師（書き下ろし）
詩人の目・仏の香り（「杉本秀太郎文粋　内容見本」筑摩書房、一九九六年）
人間の木地（『日本経済新聞』一九九八年四月一日）

こどもと本（『暮しの手帳　別冊　青春へのメッセージ』一九九九年八月）
麦畑をわたる風（『週刊朝日』一九九九年三月五日）

安野光雅(あんの　みつまさ)
1926-2020年．島根県津和野町に生まれる．画家・絵本作家として，国際アンデルセン賞，ケイト・グリーナウェイ賞など国際的な賞を多数受賞．主な著書に，『ふしぎなえ』『ABCの本』『絵のある人生』『絵の教室』『絵のある自伝』など．

故郷《ふるさと》へ帰る道

2000年5月18日　第1刷発行
2021年2月15日　第5刷発行

著　者　安野《あんの》光雅《みつまさ》

発行者　岡本　厚

発行所　株式会社　岩波書店
〒101-8002 東京都千代田区一ツ橋2-5-5
電話案内 03-5210-4000
https://www.iwanami.co.jp/

印刷・精興社　製本・牧製本

ISBN 4-00-024604-6　　Printed in Japan